Ivresse sanguinaire

Ivresse sanguinaire

© 2009 www.confidentielles.com
Editeur : Books on Demand , 12/14 rond-point des Champs Elysées, 75008 Paris, France
Imprimé par Books on Demand GmbH, Norderstedt, Allemagne
Dépôt légal : juin 2009
ISBN-13: 978-2-8106-1101-0

Auteurs

AMICO Caroline
BATAZ Sabrina
BOUCAUT Vanessa
BRASSART Christelle
CLARAC Yolaine
COLLINET Lucienne
CUVELLIER Nathalie
DOS SANTOS Odete
DRIESSENS Deborah
GOUNOT Fabienne
LANNOY Christelle
PICOT Jessie
SINGERLE-FLORUS Nadiège
TROFFIGUE Jean-Yves

Cinq heures du matin. Emilie rentrait chez elle, fatiguée d'avoir trop dansé cette nuit. Elle n'était plus très fraîche. Ses pieds lui faisaient mal : plus de vingt-quatre heures perchée sur des talons de dix centimètres, c'est épuisant, surtout quand en plus on passe la nuit à danser. Elle avait discuté avec beaucoup de personnes pendant la soirée. Elle s'était laissée draguer, un peu, elle avait dragué, un peu, bu quelques verres et ne souhaitait plus qu'une chose : retrouver son lit et passer son samedi à dormir pour être en forme à son travail lundi. Dans Paris, alors qu'elle rejoignait la Place de la Concorde en venant de la rue de Rivoli, il bruinait et elle n'avait pas de parapluie. Tant pis pour son brushing ou plutôt pour ce qu'il en restait après une si longue journée. Elle se dirigea vers le métro qui était la première étape pour rejoindre son domicile : une péniche basée à Auvers sur Oise.

Vivement qu'elle s'asseye, elle n'en pouvait plus de ses chaussures ; elle rêvait de pouvoir les enlever et de marcher pieds nus. D'ailleurs pourquoi s'en priverait-elle ? Elle s'engouffra dans la bouche du métro, passa sa carte orange et se dirigea vers le quai. Le premier métro était déjà là, elle n'eut que l'embarras du choix pour s'asseoir. Elle regarda autour d'elle et ne vit qu'une femme et un homme dans le wagon. Elle choisit la banquette pour pouvoir allonger ses jambes fatiguées et attendit le départ de la rame.

Le sifflement du métro retentit, celui qui indiquait qu'elle serait chez elle dans une vingtaine de minutes maintenant. Elle se vit déjà rentrer chez elle, accueillie par son chat Doli qui devait sans doute mourir de faim. Aurait-elle le courage de se prendre un bon bain avant de pénétrer dans ses draps bien frais et se laisser aller à ses rêves ? Elle se déciderait une fois rentrée ! Pour le moment, elle se demandait ce que cette femme, assise en face d'elle et bizarrement vêtue faisait dans le métro a cette heure là. Et elle, elle était bien aussi dans le métro à cette heure matinale ? L'homme installé trois banquettes plus loin n'était pas mal du tout : cheveux couleur corbeau, grand et musclé, un visage fort attrayant et des yeux bleus magnifiques. Il la regardait, mais quelque chose la gêna et la mit mal à l'aise.

Elle ferma les yeux, sans plus se soucier de ses compagnons de voyage. Il était encore bien tôt et elle devait avoir une tête affreuse après vingt-quatre heures sans dormir. Le balancement de la rame la berçait. Elle laissa les images de la soirée refaire surface en elle. La musique chantait encore à ses oreilles qui bourdonnaient. La rame s'arrêta, une porte s'ouvrit quelque part et la rame repartit. Doucement, les images et la musique se mêlèrent. Elle bascula dans le sommeil. Une main se posa sur elle, elle ressentit une haleine chaude, et doucement, dans le rayon de lumière, elle devina son visage. La main se fit moins douce. Elle ne dit rien, elle était comme figée par la peur. Soudain elle ouvrit les yeux, ses deux compagnons d'infortune matinale étaient devant elle. L'homme et la femme s'étaient installés face à elle, la fixant du regard sans dire un mot. La dame paraissait assez âgée et d'origine étrangère, et l'homme avait un sac des sport à son pied qui avait l'air bien chargé et dégageait une odeur un peu désagréable. Elle se rassit correctement et se demanda combien de temps elle s'était assoupie, si elle avait parlé dans son sommeil et si elle n'avait pas raté sa station. Et puis, que lui voulaient-ils ces deux étrangers ? Pourquoi lui disaient-ils qu'elle avait raté son arrêt ? Et lui là, si mignon soit-il, il lui donnait froid dans le dos de la manière dont il la fixait. Il n'avait aucune chaleur dans les yeux, que de la glace, des yeux implacables qui vous scotchent à votre banquette. Vivement qu'elle arrive, elle ne pouvait plus les supporter tous les deux !

Ces pensées traversaient l'esprit d'Emilie alors que la station suivante approchait : La Défense Grande Arche. Terminus. Elle s'était décidément assoupie plus longtemps qu'elle ne l'avait voulu. Il fallait reprendre le métro en sens inverse. Plus facile à dire qu'à faire alors qu'elle sentait la fatigue d'une longue journée ininterrompue s'abattre sur ses épaules et ses paupières. Elle se dirigea donc, d'un pas ralenti, vers le quai opposé. Ses deux compagnons de rame, au lieu de sortir rejoindre le grand air, lui emboîtèrent le pas. Elle accéléra, regarda discrètement autour d'elle. Dieu que cette station était déserte ! Un courant d'air la fit frissonner. Ne pas paniquer, rester maître de soi. Pourtant, elle sentit derrière elle ces présences inquiétantes. Que faire ? Comme si de rien n'était ou courir ? Elle se ressaisit et se dit qu'après tout pourquoi s'inquiéter, les quais étaient bien équipés de caméras de surveillance ? C'est alors que l'homme l'interpella :

« Excusez-moi, mademoiselle ? » Emilie se retourna vers cet homme si beau et si intrigant à la fois.

« Oui ? dit-elle d'une voix peu rassurée.

– Vous avez laissé tomber cela dans le métro, lui dit-il en lui tendant son portefeuille.

– Oh... dit Emilie rougissante. Je vous remercie infiniment. Il y a tout mes papiers à l'intérieur, j'aurai été très embêtée si je les avais perdus. Comment puis-je vous remercier ?

– Laissez-moi votre numéro de téléphone et j'accepterai volontiers un café de votre part dans la semaine. Qu'en dites-vous ?

– C'est d'accord, répondit Emilie avec un large sourire aux lèvres. »

Elle lui tendit un bout de papier arraché de son carnet et sur lequel elle avait griffonné hâtivement son numéro de portable. Il lui fit en clin d'œil en empochant le précieux billet, puis se retourna et reprit sa route en sens inverse, rejoignant la femme qui l'accompagnait.

« Alors, c'est bon ? le questionna-t-elle, impatiente.

– Comme d'habitude, ne t'inquiète pas, elle n'y a vu que du feu ! »

Il brandit fièrement le document froissé qu'il venait d'obtenir avec l'habilité qui le caractérisait. Puis il ajouta avec beaucoup de mépris :

« Pas une pour simplement dire merci et s'en aller. » Pour éviter une discussion avec la femme, il se dit : « Toutes des salopes qui ne demandent qu'à être soumises ! Elles sont bien tombées avec moi. Celle-ci ne le sait pas encore mais ce sera bientôt sa fête ! »

Il se focalisait déjà sur le don que cette femme allait lui faire. Elle ne le saura jamais. Dommage pour elle, mais pour lui… Le pied ! Le nirvana ! La jouissance totale. Son pouvoir s'agrandirait encore car il était le calice qui accueille le fluide vital de ces femmes impures, tandis que lui, se purifiait à chaque fois. Il avait déjà le goût dans sa bouche et tout son être criait sa soif. C'était sa drogue et il était en manque. Alors, il la suivit de loin, suivi de sa compagne, plongée elle aussi dans ses pensées.

Après un certain temps de trajet, Emilie arriva en gare d'Auvers sur Oise et regagna sa péniche. Elle monta à bord et rejoignit la partie arrière du bâtiment où elle logeait. La partie avant était occupée par le propriétaire à qui elle louait son logement pour un loyer modique. Elle descendit et se déshabilla en faisant voler ses vêtements dans le carré, puis fit coulisser la porte de la salle de bains et se fit couler un bain très chaud en y ajoutant une bonne quantité de sels de bain. Elle s'y plongea avec délice et se détendit enfin. Elle se mit à repenser à sa soirée, aux rencontres qu'elle avait faites et à ce qu'elle aurait pu faire avec ces hommes. Puis elle pensa à son portefeuille que lui avait si aimablement rendu l'inconnu du métro. Elle ne savait que penser de ce dernier. Il était tout à la fois attirant et inquiétant. Ses yeux qui étaient de glace pendant le trajet, puis de velours lors de leur bref échange, reflétaient une personnalité bien complexe. Ce furent ses dernières pensées avant de mourir égorgée dans son bain.

Un chambardement inhabituel réveilla Nicolas qui dormait profondément. Il se leva brusquement et courut jusqu'à la porte d'Emilie. Celle-ci était entrouverte, ce qui était pour le moins inquiétant. Sa jeune et jolie locataire n'était pas du genre à oublier de fermer sa porte, surtout après ce qu'elle avait vécu durant son adolescence.

« Emilie... Emilie, tu es là ? Réponds... »

Dix secondes, quinze, vingt... Cela paraissait interminable. Il ne tenait plus. Poussé par un horrible pressentiment, plus que par une curiosité malsaine, il entra. Il trébucha sur un objet brisé sur le sol, celui qui l'avait certainement réveillé : le magnifique vase de cristal offert par Logan et Melvin à leur mère lors de son anniversaire, la semaine passée. Il courut vers la salle de bain d'où s'échappait la lueur vacillante d'une bougie parfumée à la fraise. Son sang ne fit qu'un tour quand il découvrit le corps inanimé de la belle qui affichait un regard terrifié et vidé de toute vie.

Le bruit des sirènes ne mit pas longtemps à atteindre le quai. Il annonçait l'arrivée d'une ambulance du SAMU, d'un fourgon de la police scientifique et d'un véhicule de police. Bien qu'il n'y ait plus urgence, l'équipe médicale s'engouffra précipitamment dans la péniche depuis laquelle Nicolas leur faisait signe. Les scientifiques les suivirent de près pour s'assurer qu'aucune preuve ne serait altérée. Une jeune capitaine de police ferma la marche, flanquée d'un lieutenant mal réveillé.

« Aurélie Dubard, capitaine de police. Voici Julien Mauve, mon coéquipier. Alors c'est vous qui avez signalé le meurtre ?

– O... Oui, murmura Nicolas, encore sous le choc. »

Aurélie entama l'interrogatoire classique pour obtenir tous les éléments que pourraient lui fournir le témoin.

« Avez-vous vu ce qu'il s'est passé ? Entendu quelque chose ?

– Je dormais en fait. Mais un bruit m'a réveillé, sûrement le vase tombé à terre à l'entrée de chez elle… Mais je ne sais pas… Je n'ai rien vu de plus à part… à part elle, répondit-il en tremblant. »

L'image d'Emilie lui revint à la mémoire et il eut soudain un haut le cœur, se détournant et courant vers le bord de la péniche, à l'air frais.

« Bon, dit Aurélie. Je vous laisse un peu seul pour vous remettre, je reviendrai vous poser quelques questions après. Ca vous ira ?

– Oui… Mais vous savez je n'ai pas grand-chose à vous dire sur ce soir… Juste sur Emilie et sa vie si vous voulez.

– Ca pourra aussi nous aider dans l'enquête. Je reviens. »

Aurélie entra dans la chambre d'Emilie, puis passa vers la salle de bain, en se frayant un chemin à travers toutes les personnes présentes. Les flashs de l'appareil photo du légiste éclairaient la pièce et sa victime. Emilie était allongée dans sa baignoire, la tête rejetée en arrière et la gorge tranchée. L'eau de la baignoire était rouge de sang.

« Pas très beau à voir pour un samedi matin, dit-elle à son coéquipier.

– Non, en guise de petit-déjeuner, je suppose que des croissants auraient été plus appropriés, dit-il. » Elle se dirigea vers l'armoire et en ouvrit les portes. Des robes et des chaussures jonchaient le sol de l'armoire alors que d'autres vêtements étaient suspendus. Aurélie se dirigea ensuite vers la commode. Des sous-vêtements bien pliés y étaient rangés, ce qui contrastait avec l'armoire qu'elle venait de voir. « Pas mal » fit Julien en prenant une petite culotte avec le bout de son crayon. Elle referma le tiroir plus sèchement qu'elle ne le voulut. Aurélie poursuivit son inspection de la chambre. Elle se dirigea cette fois vers le lit. « Un peu bizarre pour un lit » fit Aurélie à haute voix à l'encontre de son équipier qui lui emboîtait le pas. En effet, le lit était suspendu par les extrémités, par quatre tiges de fer au plafond. Il était à quelques centimètres du sol, sans le toucher.

« Venez voir » dit Julien qui se tenait à côté du lit, au niveau de ce qui semblait être une table de chevet.

Sur celle-ci, se trouvaient une photo de la victime qui semblait être une photo de famille et une boîte de puissant anxiolytique.

« Elle devait avoir de sérieux soucis pour prendre ces médicaments, dit Julien.

– Vous pensez que ce sont ses enfants ? demanda Aurélie.

– Sûrement, répondit Julien. Il y a un air de famille je trouve. Mais tout cela ne reste qu'une probabilité. Allons retrouver notre seul témoin.

– J'espère qu'il aura retrouvé ses esprits et qu'il pourra nous en dire davantage sur la vie que menait la victime.

– Oui, je l'espère aussi. Allons-y ! » Sur ces paroles, les deux policiers allèrent rejoindre Nicolas qui essayait vainement de retirer ces images horribles qui lui trottaient dans la tête depuis que le drame était arrivé.

Aurélie sortit sur le pont et demanda à Nicolas de manière très douce et aimable :

« Pourrais-je vous parler tranquillement et en particulier ? J'ai quelques questions à vous poser.

– Bien sûr. Suivez-moi. » Il invita Aurélie à le suivre vers l'avant de la péniche en empruntant le passavant bâbord, celui qui donnait sur le fleuve.

« Faites attention et tenez vous bien parce qu'il n'y a aucune protection entre l'arrière et la proue et le pont est glissant.

– Merci, dit Aurélie. Je ferai… ah ! »

Elle glissa et tomba à l'eau.

« Une femme à la baille » hurla Nicolas. Il lui lança une bouée de sauvetage mais, par un curieux hasard, celle-ci rebondit sur la tête d'Aurélie et l'assomma. Nicolas ne réfléchit pas une minute, il plongea tête la première. Il arriva rapidement à l'endroit où il avait vu Aurélie couler. Il plongea, la cherchant les yeux grands ouverts. Alors que le soleil n'était pas encore levé, il avait du mal à distinguer quoi que ce soit autour de lui. Il entendit des pas précipités et des voix, étouffés par l'épaisseur d'eau qui le séparait de la surface. Enfin, il vit la main d'Aurélie. Sans plus réfléchir, il plongea davantage dans les profondeurs boueuses de l'Oise.

« Vite apportez des couvertures » cria Julien. Il aida Nicolas à sortir Aurélie de l'eau. Alors qu'un infirmier du SAMU était déjà entrain de réanimer Aurélie avec un bouche-à-bouche, Julien tendit sa main à Nicolas.

« Merci, dit-il en s'entourant de la couverture que lui tendait le policier.

— Qu'est-ce qui c'est passé ? demanda Julien.

— Le pont est glissant et elle… a glissé. Je lui ai lancé une bouée, mais… euh… C'est à dire qu'elle l'a reçue… Enfin… Je ne voulais pas, je vous assure. Enfin, elle a été assommée. J'ai plongé. Voilà. »

Julien ne put qu'étouffer un rire alors qu'Aurélie se mettait déjà à vociférer contre l'infirmier qui voulait qu'elle reste allongée sur la civière.

« Puisque je vous dis que tout va bien, dit-elle en attrapant une couverture posée à même le sol. Allons discuter à l'intérieur, proposa-t-elle en se dirigeant vers le pont où l'attendait déjà son coéquipier et Nicolas qui lui tendit la main pour l'aider.

— Je vais vous préparer un café, dit Nicolas.

– Seulement si vous avez une tasse assez grande pour que je puisse y plonger, dit-elle en riant à gorge déployée. »

Julien osa demander à Aurélie si elle avait eu l'impression que Nicolas avait voulu l'assommer en lui jetant la bouée sur la tête.

« Je ne sais pas, j'étais trop apeurée pour remarquer quoi que ce soit dans regard mais... »

Nicolas arriva avec la tasse fumante et s'assit à côté d'eux.

« Je tiens à m'excuser, sincèrement cela n'était pas voulu...

– Ne vous inquiétez pas, le coupa-t-elle. Revenons sur le meurtre. Je pense que nous devrions tous rentrer au bureau. Monsieur, vous allez devoir nous suivre, nous devons vous interroger sur vos relations avec la victime et laisser les scientifiques faire leur travail.

– Je prends une veste et je vous suis, répondit Nicolas.

– Nous venons avec vous, poursuivit le lieutenant Mauve. »

Nicolas sentait que les soupçons se portaient en premier lieu sur lui vu que ces policiers le suivaient rien que pour prendre une veste, mais il avait le pressentiment qu'ils sauraient vite trouver le véritable assassin une fois que lui serait blanchi.

Arrivés dans la salle d'interrogatoire, Aurélie commença :

« Depuis combien de temps Emilie était votre locataire ? Que pouvez-vous nous dire sur elle, sa vie, ses habitudes ?

– Ca fait environ trois ans qu'elle me loue une partie de ma péniche. Je l'ai connu lors d'une soirée chez des amis. Elle cherchait un logement plus petit que celui qu'elle avait alors car ses enfants venaient de partir pour leurs études dans d'autres villes.

– Elle a donc bien des enfants. Où se trouvent-ils ? Il faut qu'on les contacte au plus vite.

– Oui, évidemment. Il doit y avoir leurs numéros dans le portable d'Emilie. Je ne les ai pas vus souvent en trois ans. La dernière fois, c'était à son anniversaire la semaine passée. Ils sont grands, la vingtaine. Deux garçons, Melvin et Logan. L'un se trouve à Rouen pour des études de commerce je crois, l'autre à Lyon pour des études de chimie. Enfin je ne suis pas sûr…

— D'accord. Mauve vous vous occupez de les contacter ? demanda Aurélie.

— Pas de problème, j'y vais de suite, répondit Julien en sortant, laissant Aurélie et Nicolas seuls dans la pièce.

— Bon reprenons, que pouvez-vous me dire sur le train de vie d'Emilie ?

— Émilie avait une vie très active : au travail la journée, souvent de sortie le soir. Je ne suis pas en mesure de donner trop de détails… »

Nicolas marqua une pause, l'air sincèrement affligé. L'émotion semblait soudain prendre le dessus.

« Tout ce que je peux dire, c'est qu'elle avait changé ces derniers temps. Tantôt elle paraissait triste, lointaine, rêveuse, tantôt elle devenait totalement extravagante. Elle partait, rentrait très tard, visiblement un peu trop alcoolisée. Mais je ne peux pas en dire plus, je ne la surveillais pas…

— Bien sûr, répondit Aurélie. Bon… Nous allons de toute façon approfondir tout ça. Vous nous disiez donc : travail la journée. Commençons par ça. Où travaillait-elle ?

— Elle travaillait dans un lycée à Paris je crois, elle était prof d'anglais. Elle aimait son métier, elle aimait ses élèves qui le lui rendaient bien. On ne discutait pas beaucoup vous savez, je respectais sa vie privée. Ce n'est déjà pas évident de vivre sur la même péniche donc elle respectait ma vie et je faisais de même avec elle.

— Oui, je comprends, ponctua Aurélie. Pourtant vous avez des amis communs et vous saviez que la semaine dernière ses deux fils sont venus lui rendre visite pour son anniversaire, continua-t-elle.

– Oui c'est vrai. Elle avait réuni quelques personnes dans le restaurant en face de la péniche pour l'occasion, dont ses deux fils. Mais elle ne faisait pas partie de mes amis proches. Je lui ai proposé de loger à l'arrière de la péniche parce qu'un ami me l'a demandé. Il m'a raconté son histoire et j'ai eu envie de l'aider. Son histoire m'a touché. Mais à part des réunions de temps en temps entre amis, nous ne nous voyons pas. Elle rentrait, sortait de la péniche, elle faisait sa vie, je faisais la mienne. Au début, elle était vraiment discrète, mais depuis quelques temps je vous l'ai dit elle avait changé.

– Avait-elle beaucoup de visites disons nocturnes ?

– Mon logement n'est pas à côté du sien donc je ne voyais rien.

– Pourquoi êtes-vous allé au restaurant pour son anniversaire ?

– Elle est… était sympa et j'ai accepté.

– Alors qui était encore invité en plus de ses deux enfants ? » Nicolas garda le silence un moment et puis répondit :

« Je ne les connais pas, c'était la première fois que je voyais ce couple.

– Vous avez quand même été présentés les uns aux autres non ?

– Heu… oui, mais j'ai oublié.

– Vous avez la mémoire bien courte, dit Aurélie. Auriez-vous quelque chose à nous cacher ?

– Oh mais non, rétorqua-t-il. Simplement les noms chez moi ça passe par une oreille et ressort par l'autre. Je ne saurais même plus rappeler votre nom de famille, s'expliqua-t-il en rougissant.

– Dubard, Aurélie Dubard. Bon soit, donc vous ne savez en somme pas grand-chose sur votre locataire alors que vous habitiez quasiment au même endroit. Je trouve ça un peu bizarre tout de même. Que faites-vous dans la vie vous ?

– Je suis fleuriste dans Paris. Pourquoi ?

– Eh bien, vous aviez des horaires de jour tous deux mais vous me dites que vous ne vous croisiez que rarement, je trouve ça… bizarre, répondit Aurélie sur un ton de plus en plus soupçonneux. »

Un silence s'installa un instant, puis Nicolas sentit qu'il partait sur une mauvaise voie avec cette inspectrice. Il ne devait rien lui cacher. Il se lança alors :

« D'accord, je vais vous dire la vérité. En fait, au départ Emilie m'a simplement loué une partie du bateau. On se croisait souvent, on faisait même des sorties ensemble. Puis de fil en aiguille, on a eu une petite histoire tous les deux, avoua-t-il les larmes aux yeux. Mais ça n'a pas marché. Elle était trop indépendante, trop meurtrie… On a rompu il y a quelques mois, mais en gardant bon contact. D'ailleurs le fait qu'elle m'ait invité à son anniversaire le prouve. Et vous pourrez le demander à ses fils, on s'entendait toujours bien. Mais il est vrai qu'on se parlait moins de ce fait, on ne faisait que se croiser… Mais j'ai quand même remarqué que son comportement changeait ces derniers temps. »

Aurélie avait gardé le silence, laissant Nicolas s'exprimer. Il était touchant, on sentait la sincérité dans ses yeux, et la peur d'être accusé.

Aurélie réfléchit un instant et puis demanda à Nicolas s'il connaissait le médecin traitant d'Emilie.

« C'est un docteur près de son lycée, Bariot ou Blariot, quelque chose comme ça. Mais vous m'y faites penser, il y a à peu près un mois de cela, elle revenue enragée parce qu'il lui avait conseillé de consulter un psy ! Elle était survoltée en disant qu'il la prenait pour une folle alors qu'elle était simplement trop fatiguée.

– Voilà pour les médicaments, nota Aurélie. Vous a-t-elle parlé de sa jeunesse, de son enfance et de ses parents ?

– Non répondit Nicolas, c'est un sujet qu'il ne fallait surtout pas aborder avec elle.

– Pourquoi, comment réagissait-elle ?

– Par une colère noire et puis elle partait en claquant la porte. »

« Bien, pensa Aurélie, il va falloir creuser du côté des parents. »

Elle notait tout sur un petit bloc pour ne rien oublier : médecin, passé, fils, couple d'amis, comportement changeant, sorties, lycée.

« Bon, je pense que nous avons fait le tour pour aujourd'hui. Je vais vous laisser vous remettre de cet évènement tranquillement. Mais j'aimerais que vous restiez à notre disposition au cas où.

– Bien sûr, sans problème. Vous savez où me trouver de toute façon, je ne compte pas partir. Au revoir, dit-il en sortant de la pièce. »

Aurélie resta assise seule un instant, perdue dans ses pensées. Quelle nuit ! Elle était éreintée, n'avait qu'une envie, se coucher et fermer les yeux. Mais le jour se levait et une nouvelle enquête lui tombait sur les bras, alors elle ne pourrait hélas pas se coucher avant un moment ! Elle sortit de la salle d'interrogatoire, prit un café et s'installa à son bureau. Les photos du légiste avaient déjà été déposées sur celui-ci. Elle les regarda une par une, cherchant un détail qui la lancerait sur une piste. Rien. Ses yeux se brouillaient avec la fatigue, alors trouver un détail précis…

Julien revint en souriant avec un paquet de croissants chaud.

« Le voilà le petit déjeuner qui va avec ce super café ! »

Aurélie le remercia et lui montra les photographies. Lui non plus ne remarqua rien d'exceptionnel.

« A mon avis ça ne va pas être une affaire très simple, commenta-t-il.

– Je pense aussi. Pourtant, j'ai l'impression qu'on passe à côté de quelque chose. Je le sens mais je ne sais pas quoi.

– Et ce Nicolas, il ne savait rien ?

– Il dormait, il nous l'a dit et je le pense sincère.

– Sincère ou tu es tombée sous son charme et du coup il n'est plus suspect ? plaisanta Julien.

– Très drôle, allez au boulot, on reparlera de ta jalousie à la maison ce soir !

– Au fait, tu n'as pas oublié qu'on est samedi et qu'on est invités chez mes parents pour leurs noces de diamant ?

– On est vraiment obligés d'y aller ? Je suis crevée moi avec tout ça… C'est bon, boude pas, on y va, je plaisante. Allez au boulot... sous-fifre ! »

Julien retourna vers son bureau qui faisait face à celui d'Aurélie. Il se creusa la tête, ne lâchant pas les photographies des yeux. Après de longues minutes de silence, et alors que sa partenaire mettait ses notes au propre, il s'écria :

« Le chat... où est il ?

– Pardon... le chat, quel chat ? questionna Aurélie, surprise de cette intervention. » Il se leva, agitant sous son nez une photo de la scène de crime.

« Ce chat ! Tu l'as vu toi là bas ? Il faut le retrouver.

– Pourquoi, tu veux l'adopter ? Ha non, je sais, tu penses qu'il a fait le coup ! Fais-moi rire ! »

Vexé mais sûr de son intuition, il prit sa veste et claqua la porte derrière lui. Aurélie l'entendit dévaler les escaliers quatre à quatre.

Une heure et demie plus tard, alors qu'elle avalait un sandwich thon-mayo, Aurélie entendit un miaulement immédiatement accompagné du bruit de l'ouverture de la porte de son bureau.

« Jackpot, je l'ai... Regarde moi ça! Je te présente Doli, le chat d'Emilie que j'ai retrouvé prostré derrière sa table de nuit.

– Et... il a parlé ? dit-elle en se moquant de Julien qui brandissait devant elle une cage dans laquelle on pouvait voir un magnifique persan bleu.

– Regarde mieux que ça, moqueuse ! Tu ne vois rien ?

– Ben si, un chat !

– Ben t'es pas fortiche ! Regarde ses griffes, il en manque une... Et le sang séché là, tu le vois ?

– Oui, je vois bien, le chat était là, on est d'accord, mais que crois tu qu'il va nous dire ? Il va miauler le nom de l'assassin ?

– Mais non, bien sûr, mais si ça se trouve le sang séché est celui du meurtrier et, grâce à l'ADN, peut-être allons nous pouvoir faire un rapprochement avec nos fichiers! »

Aurélie restait dubitative, cela lui paraissait trop facile. Le coupable semblait n'avoir laissé aucune trace derrière lui et là, grâce à un chat, ils allaient pouvoir le coincer ? Non, quelque chose lui échappait mais elle laissa Julien continuer dans sa lancée, après tout, il ne fallait rien laisser passer. Elle ressassait tous les éléments de cette affaire, nota les pistes à exploiter et tout d'abord, les parents et les enfants de la victime. Mais au fait, ces enfants avaient bien un père ! « Allez, au travail, je dois m'atteler à la tâche » pensa-t-elle. Et dire qu'elle devait aller à l'anniversaire de mariage de ses beaux parents, comme si c'était le jour ! Elle ne rêvait que d'un bon bain aux huiles essentielles et de son lit.

Elle reprit un café et s'adressa à Julien :

« Tu as pu contacter les fils ?

– Ah oui, c'est vrai ! Oui, ils arriveront dans l'après-midi chacun par le train. Ils avaient l'air de ne pas trop y croire, ça va être difficile encore une fois de faire face...

– Ce n'est jamais facile de toute façon, mais ça fait partie du métier. »

Elle entreprit alors de faire une recherche sur la victime elle-même pour commencer. D'après les papiers rassemblés : Emilie Pires, trente-huit ans, jamais mariée. Cela attira l'attention d'Aurélie : jamais mariée mais deux enfants. Et surtout, ses deux fils avaient vingt-quatre et vingt-et-un ans, ce qui voulait dire qu'elle les avait eus dès ses quatorze ans ! Elle tapa sur son ordinateur le nom d'Emilie Pires et elle comprit : abusée par son père depuis ses sept ans jusqu'à ses seize ans, elle avait eu deux enfants de cet inceste. Le père était toujours en prison. Elle n'en revenait pas. Cette histoire la toucha d'autant plus qu'elle-même avait été abusée sexuellement étant enfant.

Plus l'enquête avançait, plus Aurélie se sentait proche de cette Emilie. « Alors, si je récapitule, Emilie Pires était prof d'anglais, avait deux fils dont le père était en fait leur grand-père, et avait subi des traumatismes durant neuf ans ! » Quelque chose l'interpellait : et sa mère dans tout ça ? Aurélie chercha dans ses fichiers les coordonnées de Madame Pires : introuvable ! Était-elle toujours en vie ? Avait-elle changé de nom ? Avait-elle toujours un contact avec sa fille meurtrie ? Elle décida de recontacter ce Nicolas, peut-être aurait il des éléments sur la famille d'Emilie.

Pendant ce temps, Julien envoya le chat au labo du Quai des Orfèvres afin de procéder à une éventuelle analyse ADN, en espérant faire avancer l'enquête dans la bonne direction.

« Allô ? Monsieur Nicolas Vosges ? Capitaine Aurélie Dubard ! J'aurai d'autres questions à vous poser, je vais donc passer chez vous. D'accord, à tout de suite.»

Aurélie se rendit sur la péniche aussitôt. Elle avait décidé d'aller sur place interroger Nicolas afin d'examiner à nouveau les lieux du crime. Elle passa donc par chez Emilie pour voir si un indice lui sauterait aux yeux. Mais rien de plus ne la marqua. Elle frappa alors chez Nicolas.

« Avez-vous pu vous reposer ? lui demanda-t-elle.

– J'ai essayé de dormir un peu mais impossible, trop de choses en tête…

– C'est sûr, c'est difficile. Bon je suis venue pour de nouvelles questions. Avez-vous rencontré les parents d'Emilie un jour ? Sa mère en tout cas ?

– Euh… Non, jamais. Mais un de ses fils m'a dit un jour que leur grand-père était mort selon Emilie. Pour la grand-mère, je ne sais pas par contre. Il faudrait leur demander directement.

– D'accord. Et le père de ses fils, en a-t-elle parlé un jour ? enchaîna Aurélie.

– Non, je m'y suis intéressé un jour et elle s'est braquée et enfuie. Je n'ai plus osé en reparler… En y réfléchissant, à part ses fils, je ne connaissais pas ses proches. Je suis désolé, en fait, je ne peux pas trop vous aider je crois…

– Ce n'est pas grave. Et le fait qu'elle ait eu des enfants si jeune, vous ne vous êtes posé aucune question ?

– Eh bien si justement. Mais comme elle refusait de répondre à mes questions sur le sujet, j'ai abandonné. Je voyais que ça la peinait quand je lui en parlais, comme si je réveillais de vieilles et vives douleurs. Et je ne me voyais pas en parler aux garçons…

– D'accord. Et vous disiez que ces derniers temps elle apparaissait changeante, c'est-à-dire… ?

– Comme je vous l'ai dit, elle était parfois triste. Elle avait l'air un peu ailleurs, comme absente, dans un autre monde… À d'autres moments, elle tombait carrément dans l'excès inverse, elle parlait et riait trop fort, me paraissait agitée. Puis elle disparaissait, revenait en ayant trop bu, faisait du bruit. J'avais du mal à la comprendre. J'ai voulu qu'elle m'explique les raisons d'un tel comportement mais elle éludait la question. Je la sentais pourtant angoissée. Parfois, son anxiété se lisait sur son visage. Et je me dis que son attitude exubérante était sans doute une manière de cacher ses problèmes. Je ne sais que dire d'autre… Quoique si, peut-être… Il y a deux mois, je l'ai surprise en train de pleurer. Elle tenait son téléphone à la main. Toujours secrète, elle a refusé de me livrer quoi que ce soit. Mais je peux dire que depuis ce jour, elle n'était plus la même. »

Aurélie notait consciencieusement sur son calepin tout ce qu'elle jugeait utile dans ce que Nicolas lui disait.

Celui-ci semblait croire que le point de basculement dans la vie d'Emilie était ce fameux coup de téléphone. Etait-ce une mauvaise nouvelle ? Un démon de son passé si torturé qui réapparaissait ? Peut-être que les Telecom pourraient lui en apprendre plus. Elle appela Julien pour lui demander de se renseigner tandis qu'elle allait rendre une petite visite au docteur Blariot qui avait été localisé par l'unité scientifique dans un centre médical du sixième arrondissement.

« Pourquoi Emilie consultait-elle le docteur Blariot puisqu'il exerce dans un hôpital pour enfants ? » Cette question resta sans réponse jusqu'à son entrevue avec ce spécialiste de renom. Après une vingtaine de minutes dans une salle d'attente emplie des cris joyeux de deux petites blondinettes et de leur frère cadet, le médecin fit son apparition dans l'entrebâillement de la porte : « Madame Dubard, c'est à vous ! » Aurélie se leva, un peu gênée de ne pas être accompagnée d'un petit patient.

« Bonjour Docteur, je serais brève, mais c'est très urgent. » Ils entrèrent dans le bureau du pédiatre et prirent place, face à face.

« Que puis-je faire pour vous, Madame ?

— Comme je vous l'ai dit au téléphone, je suis capitaine de police aux Quai des Orfèvres, et je suis chargée d'une enquête suite au décès suspect de mademoiselle Pires.

— Mademoiselle Pires… Emilie ? Elle est décédée ? Quand cela ? Que s'est il passé ?

– On l'a retrouvée gisante dans sa baignoire cette nuit… assassinée.

– Mais c'est affreux ! »

Il cacha son visage dans ses mains et Aurélie crut le voir sangloter.

« J'aurais une première question, docteur. Pourquoi vous consultait-elle ? Vous êtes pédiatre si je ne m'abuse !

– En effet, je m'occupe des enfants, et c'est comme cela que je l'ai connue… Elle a été maman très tôt, vous savez. Elle a eu d'énormes soucis étant enfant.

– Oui c'est ce que j'ai pu apprendre, malheureusement. Vous a-t-elle raconté ce qu'il s'était passé lorsqu'elle était jeune ? demanda Aurélie.

– Oui. Enfin tout dépend de ce dont vous parlez ? dit le médecin.

– De son père.

– Oui. Bien sûr, pas lorsqu'elle était enfant. En fait, lorsqu'elle est revenue me voir, elle venait d'accoucher de son premier enfant. Cela faisait des années que je ne l'avais pas vue, mais je me souvenais parfaitement d'elle. Je me souviens d'ailleurs de bon nombre de mes patients car je les suis pendant plusieurs années. Au début, je pense qu'elle est venue pour l'enfant. Cela m'avait étonné qu'elle ait eu un enfant, elle était si jeune elle-même. Un enfant qui a un enfant ça n'est jamais vraiment bon. Et elle est tombée enceinte pour la deuxième fois. C'est là que nos rapports ont changés.

– Que voulez-vous dire ?

– Cette petite avait besoin de se confier. Un médecin ne pouvait pas juger. C'est un médecin et le secret professionnel l'oblige à garder ce qui se passe dans ses murs. Je l'ai aidée à surmonter ce père, à s'opposer à ce qu'il lui faisait vivre, à se sortir de cette situation.

– Vous voulez dire que si vous ne l'aviez pas fait…

– C'est elle qui y serait passée, elle était tombée au plus bas. Elle n'en pouvait plus. Elle ne pensait et ne parlait que de…

– Suicide ?

– Imaginez la terreur qu'elle vivait tous les soirs. Un matin, je l'ai trouvé sur le palier de mon cabinet en pleurs, son fils serré contre elle. Je devais l'aider mais de loin. Je savais qu'au fond d'elle, elle serait assez forte pour aller à la police faire ce qu'elle avait à faire, ce qu'elle aurait dû faire, mais elle n'était qu'une enfant quand ça a commencé. Pour ma part, j'ai passé ma matinée à appeler des centres sociaux. Sa vie était assez gâchée comme ça. Je devais trouver un toit pour elle, son fils et son enfant à venir. Elle devait repartir dans sa vie, je la savais assez courageuse pour cela. La preuve, elle était partie de chez elle.

– Et sa mère dans tout ça ? demanda Aurélie.

– Sa mère, elle n'en parlait jamais. J'ai plusieurs fois essayé d'aborder le sujet avec elle mais elle se remettait à pleurer de plus belle, je n'ai jamais vraiment réussi à élucider ce mystère ! J'ai quand même réussi à demander à un ami, Nicolas Vosges, de l'héberger car il vit sur une péniche et cherchait un locataire afin de pouvoir partager les frais attenant à une habitation si atypique.

– Vous connaissez Nicolas Vosges ? demanda Aurélie avec une pointe de soupçon.

– Bien sûr, c'est un vieil ami, nous nous sommes connus lors d'un vernissage d'un ami commun. Et en discutant, nous avons bien accroché. Vous avez dû le rencontrer je suppose ? »

Tout cela intriguait Aurélie. Quel était cet imbroglio dans lequel elle était tombée ?

« Oui, je l'ai rencontré, répondit Aurélie avec un vague signe de tête. Et c'est lui qui a découvert le corps. D'ailleurs, que pensez-vous de lui, il vous paraît... équilibré ?

– Oui, se hâta-t-il de répondre. C'est un homme très intelligent et très sain d'esprit si c'est cela que vous voulez savoir... Vous ne le suspectez pas j'espère ? s'inquiéta le docteur Blariot.

– Non non, c'était juste pour avoir votre impression. »

L'inspectrice comprit qu'elle ne tirerait rien de ce pédiatre sur Nicolas Vosges. Elle s'apprêtait à partir lorsqu'un détail lui vint à l'esprit :

« Excusez moi mais… dit-elle en se retournant face à lui. Vous affirmez ne rien connaître sur sa mère mais cela me semble quasiment impossible. Comment une jeune fille mineure se présente à vous enceinte et mère d'un premier enfant sans que vous ne rencontriez ses parents ? Cela me paraît quelque peu improbable et si je peux me permettre je doute de votre sincérité. Je vous rappelle que j'enquête sur un meurtre, je ne vous demande pas cela par simple curiosité donc nous allons nous rasseoir et avoir une sérieuse discussion, à moins que vous ne préféreriez que nous vous convoquions pour un interrogatoire ? » s'énerva Aurélie en sachant pertinemment qu'il serait impossible d'obtenir un interrogatoire de sa hiérarchie pour ce médecin. En effet, en réagissant de cette manière elle espérait connaître tout ce que savait ce pédiatre sur Emilie Pires pour pouvoir rentrer au plus vite prendre son bain tant attendu.

Le praticien haussa imperceptiblement les sourcils face au changement d'humeur d'Aurélie. Il conservait un calme olympien, n'hésitant pas à scruter de son regard myope les traits impatients de la jeune femme. Il s'éclaircit enfin la voix et articula posément sa réponse :

« Mais capitaine, vous n'êtes pas sans savoir qu'un mineur peut, et pouvait déjà, à l'époque, jouir d'une certaine indépendance sur un plan médical, n'est-ce pas ? En dépit du joug de l'autorité parentale, cette adolescente était en droit de réclamer un soutien thérapeutique. Pour ma part, respectant la déontologie propre à ma profession, je ne pouvais décemment pas trahir la confiance de cette jeune personne et lui refuser mon aide, nous sommes bien d'accord ? Etes-vous là en train de me suggérer que je me devais d'enfreindre le secret professionnel et aller à la rencontre des parents, trahissant ainsi la démarche d'Émilie ?

– Non, docteur, vous avez raison. Mais vous comprenez que, dans le cadre de notre enquête, vous n'avez pas le droit de nous cacher quoi que ce soit qui pourrait gêner le déroulement de celle-ci et nous aider à trouver le coupable. De toute manière, nous serons amenés à nous revoir. Bonne journée. »

Sur ce, Aurélie quitta le cabinet du praticien. Elle prit le métro et se dirigea vers la station Concorde où Emilie avait pour une des dernière fois pris le métro. Sa destination était la boite de nuit où la victime avait été lors de ses derniers jours car Aurélie avait trouvé un ticket d'entrée en fouillant dans les affaires de la défunte. Elle repéra sans difficulté le bâtiment en question et se rendit compte qu'il s'agissait d'un club échangiste. Pourquoi Emilie fréquentait elle ce type d'établissement ? Etait-ce pour elle une manière d'exorciser son passé ?

Devant la porte du « 2 + 2 », il n'y avait pas âme qui vive. En contournant le bâtiment, Aurélie découvrit une porte donnant sur l'arrière-cour. Elle sonna et attendit un bref instant. La porte s'ouvrit et une femme, qui semblait être en train de faire le ménage, lui demanda avec un accent espagnol :

« C'est pourquoi ? Vous venez passer une audizione ?

– Bonjour Madame, je souhaiterais m'entretenir avec le directeur de l'établissement, s'il vous plait.

– Monsieur César, il est dans son bureau. Au fond, après le bar, à droite, y a un escalier.

– Merci, madame.

– Attention où vous mettez les pieds, je viens de passer le panosse ! répliqua-t-elle furieuse, mettant un terme à leur conversation. » Aurélie, suivant les recommandations, se retrouva vite devant le bureau de monsieur César. Elle frappa.

« Entrez ! dit une voix forte impressionnante.

– Monsieur César, bonjour, capitaine Dubard, je peux vous entretenir une minute ?

– C'est à quel sujet ? »

Le sang d'Aurélie se glaça. Elle regretta aussitôt d'avoir fait cette démarche seule. Mais elle se dit que tant pis, il fallait avancer et ne pas laisser transparaître ses craintes.

« C'est au sujet de mademoiselle Pires... Emilie Pires.

– Connais pas ! Et alors, quel rapport avec moi ?

– Nous avons retrouvé son corps ce matin très tôt à son domicile et j'ai retrouvé ce ticket dans l'une de ses poches.

– Je ne vois toujours pas, le rapport !

– Et sur cette photo, la reconnaissez-vous ? dit-elle en sortant de sa poche une photo trouvée dans l'appartement de la victime.

– Peut-être, je ne sais pas, il passe du monde ici, vous savez. Je n'ai pas le temps là, alors convoquez-moi si vous voulez savoir autre chose. J'ai des comptes à faire moi.

– Je n'y manquerais pas, soyez-en sûre ! L'un de vos employés de la nuit dernière est-il là ?

– Allez voir la grande Zaza, au bar. C'est elle qui gère les entrées. Et maintenant, déguerpissez de mon bureau. Allez oust, du vent, j'ai dit ! »

Sentant le ton monter et ayant d'autres priorités, Aurélie s'exécuta. En bas de l'escalier, elle trouva effectivement « la Grande Zaza ».

« Bonjour Madame, capitaine Dubard, de la criminelle, vous connaissez cette femme ? »

Son interlocutrice en resta bouche bée et ses yeux se troublèrent. Une larme s'échappa et coula le long de sa joue creuse et déjà marquée par les années.

« Emi, ma petite… Qui êtes-vous ? Que lui voulez-vous ?

— A vrai dire, rien. Enfin… On l'a retrouvée morte ce matin chez elle.

— Ca n'est pas possible ! Qui ? dit la grande Zaza en sanglotant.

— C'est justement ce que je cherche à savoir, dit Aurélie. C'était une habituée des lieux ?

— Habituée ? Non ! Ce n'est pas ce que vous croyez !

— Madame, je n'ai pas le temps de m'amuser, il est seize heures passées et je dois avancer vite, dites-moi tout…

— Et bien, en fait…

— Vous préférez me suivre ou vous lâchez le morceau ?

— C'est ma fille ! On s'est retrouvées il y a deux mois environ. Son propriétaire, Nicolas, lui est l'un de nos habitués. Il a vu une ressemblance entre nous, m'a demandé si j'avais une fille et quand je lui ai dit qu'on ne se voyait plus, il m'a donné son numéro de téléphone en me faisant promettre de ne pas le mêler à ça. Après avoir longtemps hésité, je l'ai appelée. »

C'est alors qu'Aurélie comprit ce que voulait dire Nicolas lorsqu'il déclarait qu'elle aurait changé de comportement après avoir reçu un coup de téléphone. Ce serait donc sa mère qui l'aurait contacté ce jour là. La vie d'Emilie Pires se dessinait dans sa tête : élevée par son père qui la violera, elle aura deux enfants de lui. Cela a dû être extrêmement difficile pour elle de les élever. Beaucoup plus tard, elle apprend que sa mère travaille dans un club échangiste et se fait appeler «la Grande Zaza», et Nicolas son ex-amant savait qui était sa mère et ne lui a rien dit. Etait-elle au courant qu'il fréquentait régulièrement ce genre d'endroit ? Mais alors, ce Nicolas en savait beaucoup plus qu'il ne le prétendait.

« Il y en a qui n'ont vraiment pas de chance dans leur vie » se dit Aurélie. Elle comprenait maintenant la présence des anxiolytiques sur la table de chevet de la victime. Après cette brève réflexion, elle demanda à «la Grande Zaza» :

« Comment avait réagi Emilie lorsque vous l'avez appelée ?

– A votre avis ? Elle était furieuse et est arrivée ici en vitesse.

– Pourquoi furieuse ? demanda Aurélie.

– Elle me reprochait de l'avoir abandonnée et de plus entre les mains de son père.

– Vous saviez déjà à cette époque qu'il abusait d'Emilie et la violentait ?

– Oui mais avec ce genre d'homme, la parole était le poing ! Il était le maître et nous, femmes, n'étions rien ! Que là pour lui faire à manger, sa lessive et son plaisir... Ce que j'en ai bavé avec lui !

– Et votre fille alors, elle n'en a pas bavé elle ? s'exclama Aurélie. Elle n'était qu'une enfant et vous ne l'avez pas protégée comme une mère se doit de faire !

– Je sais, répondit la grande Zaza. Mais quand j'ai déposé la première plainte, il a bien joué son rôle de bon père et m'a fait passer pour une mauvaise mère et folle de surcroit.

– Ensuite qu'avez-vous fait ?

– Il m'a menacée et bien battue aussi.

– Quelles menaces ?

– De tuer la petite si je ne m'en allais pas et de me faire condamner pour ce meurtre. »

« Seigneur, pensa Aurélie, ils ont tous les mêmes méthodes pour museler leurs victimes. »

« Revenons à Emilie. Et ensuite comment se sont passées vos relations ?

– Ca a été très difficile au début vous vous en doutez. Elle a très mal réagi en sachant que je vivais si près d'elle depuis tant d'années sans jamais avoir pris le temps de venir la voir. Puis après, lorsqu'elle a su que je travaillais ici, elle a aussi été très déçue. Enfin bref, ça a été un travail de longue haleine que d'essayer de lui faire comprendre tout ce qui s'était passé, les raisons pour lesquelles j'avais dû m'effacer de sa vie alors que c'était ma seule fille. Vous savez, ça a été très dur pour moi, j'en ai été malade. Je pensais à elle chaque jour mais je ne voulais pas risquer de mettre sa vie en péril en revenant vers elle.

– Oui je comprends, enfin du moins j'essaie... répondit Aurélie. Avez-vous vu vos petits enfants depuis que vous avez repris contact avec votre fille ?

– Non, non. Elle avait trop honte de me les présenter. Vous vous rendez compte, je la retrouve pour la perdre une seconde fois mais définitivement cette fois ci. »

Et elle éclata en sanglot. Aurélie décida que cela suffisait pour aujourd'hui. La dame était en état de choc. Après avoir pris note des coordonnées de la mère, elle prit congé. Dès sa sortie du club, elle appela Julien pour l'informer qu'elle rentrait :

« Coucou mon amour, tu as appelé ta mère pour nous excuser de notre absence ce midi ?

– Mouais, elle a décidé que plus jamais elle nous inviterait et qu'on aurait plus prévenir plus tôt !

– Mais tu lui as dit qu'on serait bien là ce soir ? Avec une bonne bouteille et des fleurs.

– Oh ! Alors là on sera pardonné ! s'exclama Julien.

– Bon on se retrouve au bureau, à tout de suite ! »

Julien et Aurélie s'était rencontré quelques mois plus tôt. Muté à Paris, Julien fit la rencontre de cette magnifique jeune femme. Une amitié qui vira en un amour fusionnel et passionnel.

Lorsqu'il était arrivé dans cette équipe au Quai des Orfèvres, il s'était demandé plusieurs fois s'il avait fait le bon choix en acceptant de venir sur Paris. La première rencontre avec Aurélie fut mouvementée. D'un caractère bien trempé, la jeune femme lui avait montré tout de suite à qui il avait à faire ; c'était peut-être ce qui l'avait intrigué chez elle. Une femme sensible se cachait sous une carapace rebelle, carapace que Julien brisa à force de patience, de gentillesse et d'amour. Ce fut alors le début d'une magnifique histoire d'amour. Doucement, ils avaient appris à se connaître, puis avaient décidé un beau jour de se mettre en ménage, et à présent elle et lui ne voyaient plus la vie l'un sans l'autre.

L'entente était non seulement sexuelle, comme il convient au début de toute relation, mais aussi intellectuelle. La fusion était totale et sa rencontre avec Julien avait complètement changé la vie d'Aurélie. Avant Julien, un des meilleurs moyens pour elle de se changer les idées, par rapport à son travail, était de sortir en boite et de se donner au premier partenaire qui lui plaisait, quel qu'il ou elle soit. Depuis qu'elle était avec lui, elle ne voyait plus et ne vivait plus que par et pour lui, même au niveau de son travail. Elle vivait depuis quelques mois cette histoire avec Julien, mais elle ne savait pas si celui-ci partageait aussi profondément qu'elle ce sentiment d'appartenance à l'autre.

En arrivant à son bureau, un agent dit à Aurélie qu'elle était attendue dans son bureau par les fils de la victime. Elle entra et présenta ses condoléances aux jeunes hommes. Elle vit de suite que l'un paraissait renfermé sur lui-même alors que l'autre esquissait un léger sourire.

« Je vous en prie, restez assis. Je suis l'inspectrice chargée de l'enquête sur la mort de votre mère. J'ai quelques questions à vous poser. Etiez-vous très proches de votre mère ? demanda-t-elle.

– Bien sûr voyons ! répondit Logan rapidement » Aurélie pensa qu'il répondait trop vite et cela ne lui plaisait pas.

« Pourquoi faites vous vos études dans des villes différentes et aussi éloignées de Paris, donc de votre mère ?

– Nous voulons mener notre vie chacun de notre côté. Quoi de plus normal à notre âge !

– Et puis, ajouta Melvin, c'était aussi sur le conseil de maman.

– Ha oui ! Et pour quelle raison ?

– Maman trouvait que nous étions trop liés tous les deux et elle désirait que nous apprenions à nous débrouiller seuls. »

Quelle différence entre les deux remarqua Aurélie : Logan est ténébreux et Melvin si charmant.

« Quels étaient vos rapports avec votre grand-mère dont votre mère a fait la connaissance il y a peu ?

– Elle ne nous en a parlé qu'une fois, à son anniversaire. On ne l'a jamais vu mais nous préférons la tenir à distance, répondit sèchement Logan en rougissant. »

Pas tendre le gamin. Ces deux hommes l'intriguaient. Ils paraissaient être perclus de douleur, une douleur morale bien trop lourde pour des jeunes gens de leur âge, pensa-t-elle.

Elle reprit son interrogatoire.

« Quand avez-vous vu votre mère pour la dernière fois ?

– Le jour de son anniversaire, répondit Logan.

– Comment l'avez-vous trouvée ? Avez-vous constaté des changements dans son attitude ? Vous paraissait-elle contrariée ou troublée ? »

Melvin répondit qu'il l'avait trouvée fébrile mais qu'il avait mit ça sur le compte de l'émotion, et puis elle avait pleurée au moment de souffler ses bougies, quoi de plus normal ?

Logan prit la parole, il ne sembler pas spécialement porter sa mère dans son cœur.

« Elle n'était pas pire ou meilleure que d'habitude.

– Qu'entendez-vous par là ? Vous ne semblez manifester aucune tendresse concernant votre mère…

– Vous parlez de cette femme qui n'a pas été capable de nous dire qui était notre père. Maintenant qu'elle est morte, comment allons-nous le savoir ? Elle l'aura emmené dans sa tombe son secret.

– Pourtant elle m'a appelé la semaine dernière, elle avait quelque chose à me dire. Elle m'a dit qu'elle avait fait une énorme bêtise et qu'elle ne savait pas comment se sortir de ce mauvais pas. Mais je ne sais pas si Nicolas était au courant parce qu'elle était souvent avec lui et ils semblaient partager des secrets ensemble, continua Melvin. »

Il sembla réfléchir quelques instants et reprit :

« Mais tout semblait avoir changé depuis quelques temps… J'ai eu l'impression qu'il y avait un malaise entre eux… »

C'est alors que le lieutenant Julien Mauve arriva en trombe dans le bureau et demanda à Aurélie s'il pouvait s'entretenir avec elle.

« Cela ne peut pas attendre lieutenant Mauve ? » demanda Aurélie.

Il fit signe que non énergiquement avec sa tête.

Elle s'excusa auprès de Melvin et son frère et se dirigea dans le couloir.

« Il faut que tu saches quelque chose, dit Julien. J'ai eu le docteur Blariot au téléphone et il m'a informé que Logan avait quelques troubles psychologiques.

– Hein ? s'exclama Aurélie. Mais pourquoi est-ce qu'il ne m'en a pas informé lorsque j'ai été le voir ?

– Je lui ai demandé et il m'a parlé du secret professionnel mais ton intervention et les « menaces » que tu lui aurais proférées...

– Quelles menaces ? coupa Aurélie. Je lui ai juste dit que nous le convoquerions à un interrogatoire s'il ne coopérait pas.

– Je sais, mais je te connais Aurélie, tu as dû un peu t'emporter ?

– Oh, il faut bien les faire parler... Et tu... »

C'est alors qu'un supérieur passa dans le couloir et Aurélie se reprit :

« Vous avez fini lieutenant Mauve ?

– Oui oui. »

En retournant à son bureau, Aurélie compris mieux la déclaration de Logan.

Malheureusement la suite de l'interrogatoire n'apporta guère plus d'informations. Soudain le téléphone sonna :

« Allo ?

– Oui, c'est la morgue, on a trouvé des choses intéressantes sur le corps de la victime. Il serait important que vous veniez. La famille est arrivée ?

– Oui, ses deux fils.

– Faites les venir pour identifier le corps, s'il vous plait. »

« Logan et Melvin, venez, nous devons vous faire identifier le corps »

Les deux jeunes gens se levèrent. Melvin était encore sous le choc et était soutenu par son frère. Ce dernier, bien que plus fort en apparence, peinait aussi à avancer car il redoutait sa réaction quand il verrait le corps de sa mère sans vie.

Aurélie, Julien, Logan et Melvin prirent l'ascenseur en direction des sous-sols.

Ils entrèrent dans une pièce entièrement recouverte d'acier et éclairée par des néons légèrement bleutés fixés au plafond. L'atmosphère était à la fois sombre, inhospitalière et un peu hors du temps.

Le corps d'Emilie reposait sur un brancard et était entièrement recouvert d'un drap kaki, sauf son visage.

Les quatre visiteurs furent accueillis par un médecin en blouse blanche équipé d'une lampe frontale éteinte.

« Reconnaissez-vous le corps ? » demanda-t-il aux deux jeunes gens.

Ceux-ci hochèrent la tête affirmativement avant de murmurer :

« C'est bien notre mère.

– Merci, vous pouvez partir, nous n'avons plus besoin de vous pour le moment, dit Aurélie. Par contre, je vous suggère de rester à notre disposition encore quelques jours. Savez-vous où résider sur Paris ?

– Pas vraiment.

– Bon, nous allons vous fournir un livret d'adresses utiles. Demandez-le à l'accueil avant de sortir. »

Les deux hommes sortirent et le légiste découvrit le corps entièrement pour les deux inspecteurs. Ceux-ci découvrirent alors un certain nombre de marquages corporels sur le corps d'Emilie sous la forme de piercings et tatouages qu'ils n'avaient pas remarqués au moment de la découverte du corps, vu que celui-ci était encore dans le bain moussant que la victime prenait au moment de son décès.

« Oh ! Mais elle se scarifiait la malheureuse, constata Aurélie. Et ces tatouages...

– Pas très joli joli tout ça, se surpris à dire Julien.

– Que pensez-vous de ses blessures ? demanda Aurélie au médecin légiste.

– Eh bien, pour la gorge elle-même, c'est un travail très net, il n'y a eu aucune hésitation. Elle n'a pas dû comprendre ce qu'il lui arrivait, dit-il en regardant le corps d'Emilie avec une sorte de compassion. Le tueur devait se trouver derrière elle et est forcément gaucher au vu du sens de la blessure. Je pense qu'on a affaire à un couteau assez imposant, pas le genre qu'on peut cacher dans sa poche. Je dirais un couteau de cuisine, comme ceux pour trancher les viandes…

– D'accord, d'accord, dit Aurélie en notant chaque détail sur son carnet. Rien d'autre à ajouter ?

– Je n'ai relevé que des blessures bien plus anciennes, invisibles à l'œil nu pour la plupart car cachées par les tatouages. Soit elle se les faisait elle-même, ça se voit chez les personnes psychologiquement touchées. J'ai des suicidés qui en ont souvent. Ou soit on les lui a fait évidemment, mais pas le jour du crime ni les jours précédents en tout cas.

– Ca peut remonter à plusieurs années ? Voire des dizaines d'années ? Elle a été violentée plus jeune…

– Possible, mais je ne peux pas le certifier.

– D'accord, merci, répondit Aurélie. »

Julien et elle remontèrent, sortirent et allèrent boire un café dans une petite brasserie pas loin, leur habituelle, pour changer du café infect du bureau.

« Que penses-tu de cette affaire ? demanda Aurélie.

– Il y a encore tellement de pistes possibles… souffla Julien. Le propriétaire de la péniche, la mère ou même une personne qu'on ne connait pas encore…

– Nicolas est droitier, je l'ai vu boire du café de la main droite. La mère je n'y crois pas. Je l'ai rencontrée, je ne la vois pas faire ça, elle s'en veut déjà tellement.

– Peut-être, mais il ne faut mettre aucune piste de côté… capitaine ! glissa Julien avec un long sourire. »

Aurélie pensa à cette femme. Une vie terrible, une mort terrible. Peut-être même par quelqu'un qu'elle appréciait.

« J'aimerais que tu ailles à son lycée. Moi, je vais essayer de retracer ses dernières heures. Apparemment elle était sortie, mais pas dans le club où est sa mère car celle-ci ne m'a rien dit. Je vais chercher. Elle a peut-être fait une mauvaise rencontre…

– Si elle a pris le métro ou même à pied, tu peux te servir des caméras de surveillance. Il y en a de plus en plus maintenant, ça va te permettre de retracer sa dernière nuit. J'en ai vu dans la rue à prendre pour aller jusqu'à sa péniche, il suffit alors de faire son chemin en sens inverse. Et il faut aussi contacter les sociétés de taxi pour savoir s'ils ont déposé des personnes dans ce quartier le soir du meurtre.

– Heureusement que tu es là, je n'y avais pas encore pensé ! Et le chat qu'est-ce que ça donne ?

– Je n'ai pas encore eu les résultats, dit Julien en grimaçant. »

Les deux inspecteurs finirent rapidement leur café et se mirent en route chacun de leur côté.

Nicolas faisait les cent pas dans sa partie de la péniche. Il retournait toute cette histoire dans sa tête. Il avait essayé d'aider Emilie de son vivant, voulait la sortir de son passé qui ne cessait de la hanter, mais en vain.

La seule chose qu'il avait pu faire était de retrouver sa mère, mais était-ce une bonne chose finalement ? Il aurait peut-être dû s'y prendre autrement.

La première fois qu'il avait vu sa future colocataire, il était tombé éperdument amoureux d'elle. Lui, le Saint-bernard au grand cœur, avait immédiatement décelé la détresse en elle. Il l'avait accueillie sans problème. Au début, elle lui était reconnaissante de loin, par pudeur et discrétion jusqu'à ce fameux soir où elle l'avait invitée à dîner chez elle afin de lui témoigner sa gratitude. Sa partie de la péniche était joliment décorée, comme une femme de goût sait le faire. Tout était assez minimaliste et épuré, un lit suspendu, un canapé d'angle confortable, c'était un intérieur très zen et cosy.

Elle avait dressé une jolie table, préparé un bon dîner et c'est là que tout avait commencé...

Emilie était à l'évidence aussi bonne cuisinière que bonne décoratrice d'intérieur. Le repas était des plus fins et il avait été préparé par son hôtesse étant donné les effluves particulièrement fins qu'il avait sentis tout au long de l'après-midi qui avait précédé ce dîner. Poêlée de Saint-Jacques au beurre d'escargot en entrée, bar au four, salade, fromages rares et fins, dont un stilton particulièrement fameux. Seul le dessert, une bombe glacée meringuée au chocolat, avait été acheté à l'extérieur, avait avoué Emilie.

L'ambiance tamisée dans les tons rouges, des chandelles sur la table et une douce musique romantique donnaient le ton.

Emilie avait accueilli son invité dans une tenue osée mais pas vulgaire et qui lui allait parfaitement : combinaison de fine résilles qui enveloppait tout le corps, jupe courte, mais pas indécente, veste de tailleur assortie, escarpins fins à hauts talons.

Tout semblait favorable à une soirée orientée vers le plaisir des sens.

Le dîner s'était déroulé tranquillement sans rien de remarquable qui présageait de ce qui pouvait suivre. Après avoir bien mangé, ils se retrouvèrent sur le canapé et Emilie lui parla de sa journée et du manque que provoquait l'absence de ses deux enfants à ses côtés.

Emu par tant de sincérité et de douleur, Nicolas l'enlaça et l'embrassa. Rassurée et confiante, Emilie se laissa aller dans ses bras.

C'est ainsi qu'avait débuté leur histoire. Les premiers mois avaient été comme ce moment, doux et agréables. Mais peu à peu, il avait senti qu'Emilie avait une forte carapace, et leur histoire stagna. Il aurait voulu qu'elle se confie, se libère de ce poids qu'elle traînait, mais elle se braquait dès qu'il évoquait son passé et cette douleur.

Quant en plus, elle avait découvert qu'elle était enceinte de lui, tout changea. Elle le lui dit, mais ne lui laissa pas le choix et se fit avorter. Elle ne voulait plus d'enfant, pas même avec lui, et il eut beau essayer de savoir pourquoi, elle ne lui dit rien de plus. Le fossé entre eux s'agrandit de plus en plus et elle finit par rompre, préférant rester seule pour porter sa douleur. Nicolas n'avait pas osé avouer tout cela au capitaine Dubard, il pensait que ça ne lui servirait pas. Il avait déjà avoué avoir eu une histoire avec Emilie, les détails importaient sûrement peu. Il n'arrivait toujours pas à se rendre compte qu'elle était partie, que quelqu'un l'avait tué, pas loin de là où il se trouvait en ce moment. Il laissa échapper quelques larmes et se jura de venger celle qu'il aimait. Car oui, il se l'avouait aujourd'hui, il l'avait toujours aimé, même après leur rupture…

Aurélie arriva devant le bâtiment où se trouvaient toutes les images envoyées par les caméras vidéo des rues de Paris. On la fit entrer dans une petite salle où un seul écran l'attendait. Un homme entra.

« Bonjour, je suis Hugo Dessat. On m'a demandé de vous apporter ce fichier. Vous cherchez à retracer le parcours d'une personne, c'est bien cela ?

— Bonjour. Oui, je suis le capitaine Dubard. On va commencer par la vidéosurveillance de la rue des Lilas. Si besoin, pourrez-vous aller chercher d'autres vidéos pour que je retrace son parcours ?

— Sans problème ! Commençons. »

Il ouvrit le fichier vidéo et avança jusqu'à la nuit du meurtre. Aurélie vit Emilie apparaître sur l'écran, marchant seule, arrivant du boulevard d'à côté. Ils laissèrent tourner encore un peu l'image, et là, elle vit une ombre non identifiable s'avancer elle aussi vers la péniche. Cette ombre était particulièrement volumineuse et dense. Quelques mètres plus loin, sur une autre caméra, Aurélie pu comprendre que ce n'était pas une personne qui suivait Emilie, mais deux. Ceci dit, la caméra permit de distinguer un homme et une femme, bien que l'on ne voie que les jambes des deux suiveurs. Malheureusement, l'image était floue et Aurélie ne put en voir d'avantage car cette caméra était la dernière avant d'arriver à la péniche.

« Vous n'avez rien d'autre ? demanda Aurélie.

— Non, je suis désolé capitaine.

— Et en ce qui concerne les vidéos suivantes, savez-vous si l'on revoit ces deux individus un peu plus tard au même endroit, s'ils sont revenus sur leurs pas ?

— Attendez, je regarde. Humm… Non, ils n'apparaissent plus devant cette caméra de surveillance. C'est comme s'ils s'étaient volatilisés. Par contre, je peux essayer de vous faire un gros plan sur ce couple.

— Ce serait gentil, répondit Aurélie, trouvant cet Hugo Dessat pas mal du tout. »

Le jeune homme zooma l'image au maximum et là Aurélie crut apercevoir un détail troublant.

De la main de l'homme, un reflet pouvait être aperçu. Mais même avec le zoom, l'image ne donnait pas grand-chose.

« A votre avis, demanda le jeune homme, qu'est-ce que ça pourrait être ? Une arme ? Ou juste un miroir ?

— Un miroir oui, pourquoi pas… dit Aurélie. Ou un couteau… »

« Peut-être l'arme du crime, le couteau de boucher… » pensa-t-elle. Un homme se baladait dans les rues avec un couteau de boucher et personne ne l'avait signalé. Cela lui paraissait impossible. Mais elle se demandait surtout par où ils étaient repartis…

Julien arriva au lycée Jeanne d'Arc qui était évidemment vide en fin de samedi après-midi. Le directeur, qu'il avait pu joindre auparavant par téléphone, l'attendait à l'accueil.

« Bonjour. Je suis le lieutenant Julien Mauve.

– Bonjour. Quelle terrible nouvelle, je n'arrive toujours pas à y croire !

– Pouvez-vous m'en dire plus sur mademoiselle Pires ? Vous le connaissiez bien ?

– Ca faisait près de huit ans qu'elle travaillait chez nous, alors oui, je la connaissais un peu. Mais bon, je ne pourrais pas vous donner de détails sur sa vie privée. Elle n'était pas très bavarde à vrai dire. Je ne connais quasiment rien d'elle, hormis que ses deux fils qui ont été scolarisés ici.

– Comment la trouviez-vous ces derniers temps ? Avait-elle changé de comportement ?

– Elle paraissait en effet plus renfermée qu'à l'habitude, comme tracassée par quelque chose… Malgré tout, elle faisait toujours bien son travail. Elle ne se confiait à personne, elle a toujours été comme ça. Oh, bien sûr, elle savait rigoler avec nous, mais en y réfléchissant… On ne sait rien sur elle, mis à part ce qu'il y a dans les dossiers. On parlait souvent entre collègues, mais surtout de nous, jamais d'elle en fait. C'est bien dommage, elle avait l'air si gentil au fond. Je… Je peux savoir ce qu'il s'est passé… ? A-t-on retrouvé le meurtrier ?

– Non hélas, monsieur. Nous sommes sur plusieurs pistes, mentit Julien, mais je ne peux rien vous dire. C'est une enquête en cours, vous comprenez…

– Bien sûr, bien sûr ! s'exclama le directeur. »

Julien rentra alors au bureau en rageant. Il n'avançait pas. Rien que des petits détails insignifiants. Il espérait qu'Aurélie aurait trouvé une piste de son côté.

Il se rendit au laboratoire pour savoir où en étaient les résultats de l'ADN pour le chat. Ils n'auraient les résultats que le lendemain matin, ce n'était pas une enquête plus prioritaire qu'une autre.

Il remonta à son bureau et trouva Aurélie penchée sur le sien. Il arriva derrière elle sans un bruit, se pencha et l'embrassa dans le cou. Aurélie se releva d'un seul coup et ils se cognèrent la tête.

« Tu es fou ! cria-t-elle. Ne me refais plus ça, tu sais que je déteste ça ! Avec tout ce qu'on voit la journée, tu ne peux pas savoir ce qui me passe par la tête en un quart de seconde avec tes bêtises !

— Ne crie pas, je ne le ferais plus, promis, dit-il en souriant. Bon alors quoi de neuf du côté des vidéos ? Moi chou blanc au lycée, elle ne se confiait à personne apparemment.

— Côté vidéo, j'ai pu voir deux personnes, une femme et un homme. Mais attends, dit Aurélie, ne te réjouis pas trop vite car pas moyen de voir à quoi ils ressemblent, donc pas possible de les identifier ! Mais dans la main de l'homme un objet se reflétait au clair de lune. Quant à affirmer si c'est un couteau, je ne parierai pas dessus, car enfin, te rends-tu compte que pas une personne ne les aurait vus ? C'est pas possible Julien, les gens deviennent indifférents ou ont peur et font comme s'ils ne voyaient rien ! Cela m'enrage ! Qu'as-tu à me regarder avec ce sourire? demanda Aurélie agressive.

— Tu es si jolie quand tu te mets en colère mon ange !

— Malin ça, je suis sérieuse et toi! Ho et puis rentrons ! J'ai envie d'un bon bain avant d'aller chez tes parents. Demain sera un autre jour et du repos ne fera pas de tort.

— Tu as raison et le bain ce sera ensemble… Je te frotterai le dos, murmura Julien.

— Allons-y alors, l'invita Aurélie. Mais je vais te dire, j'espère qu'il ne va pas remettre ça !

— De qui parles-tu ?

— Le meurtrier ! C'est peut-être un sérial killer, dit Aurélie dans un soupir. Demain, il faut regarder s'il n'y a pas eu d'autres meurtres avec le même mode opératoire. »

Julien se fâcha et lui demanda de se mettre en veilleuse et de décompresser. Furieux, il boudait. Aurélie se tut et le suivit tranquillement tandis qu'elle continuait à cogiter.

Pendant qu'ils passaient une soirée bien arrosée, l'assassin, lui, se dirigeait lentement vers sa prochaine victime. Il ne se pressait pas car il savait que sa proie serait là où il la voulait. Sa compagne, toujours à ses côtés, ne parlait pas car elle savait qu'il était tellement absorbé par ce qu'il allait faire qu'il en devenait sourd à tout bruit environnant. Il émit un bruit de succion tant le manque le travaillait. « Comme je l'aime ! » pensa-t-elle. « Mais ne serai-je pas un jour sa victime ? A la vitesse où son désir se fait violent, il prendra n'importe quelle femme et à ce moment, je ne lui serais plus utile… »

Le réveil de Julien et Aurélie fut difficile quand le téléphone sonna à six heures du matin.

« Hum, oui… Allo ? demanda Julien, encore dans ses rêves.

– Bonjour, désolé de vous déranger mais vous devez venir sur les lieux d'un nouveau crime.

– Hum… On est déjà sur une enquête.

– Justement, on pense que c'est en rapport. »

Julien nota l'adresse sur le bloc traînant sur sa table de chevet et réveilla doucement sa partenaire, avec plein de tendresse. Quand il lui expliqua en chuchotant qu'on les attendait sur un crime lié à leur enquête, Aurélie se redressa et se dépêcha de s'habiller, pressant même Julien.

Ils arrivèrent en une dizaine de minutes sur les lieux en prenant la voiture de Julien. On les fit rentrer dans une belle et grande maison située au cœur de Paris, ce qui ne devait pas être donné. Rien à voir avec la petite péniche où vivait Emilie.

« – Bonjour capitaine, on vous a appelé car c'est un crime similaire au votre, leur dit un inspecteur.

– Mais pas de lien avec notre victime ?

– Non, en tout cas pas d'apparence. Il s'agit d'Elisa Monnet, dix-sept ans. Elle est sortie hier soir selon ses parents, et vers cinq heures trente, ils ont entendu un cri et l'ont trouvée égorgée dans son lit quelques minutes plus tard. Ils n'ont vu personne mais ont entendu quelqu'un s'enfuir.

– D'accord, les mêmes derniers instants à peu de chose près. Vous nous emmenez voir le corps ? »

Ils montèrent à l'étage, entrèrent dans une chambre teintée d'objets violets, rose, orangés… Une chambre d'adolescente. La jeune fille était allongée sous ses couvertures, la tête légèrement en arrière sur son oreiller, gorge tranchée.

« Encore une gorge tranchée, dit Aurélie.

– Ouais, la deuxième en moins de quarante-huit heures, ça commence à chiffrer, dit Julien en détournant son regard du cadavre. Les parents sont où ?

– Dans le salon, dit l'inspecteur. Ils sont défaits.

– La fenêtre était ouverte ? demanda Julien.

– Oui, ajouta l'inspecteur en prenant encore des photos avec son appareil numérique. »

Aurélie se dirigea vers le salon en essayant de noter le moindre détail visuel sur la chambre de la nouvelle victime. Elle remarqua la tenue parfaite de la maison. Elle laissa son regard glisser sur madame et monsieur Monnet.

« Bonsoir, je suis Aurélie Dubard et voici mon coéquipier, Julien Mauve. Nous vous présentons toutes nos condoléances pour votre fille… On m'a dit que vous aviez entendu quelqu'un s'enfuir ?

– Oui, répondit monsieur Monnet sans lâcher sa femme qu'il entourait de ses bras. Juste un bruit sourd, une chute. C'est là que nous avons vu que la fenêtre était ouverte. J'ai couru jusqu'à la fenêtre mais je n'ai rien vu. »

Le père d'Elisa leur annonça que leur fille avait été invitée par l'un de ses amis. La soirée n'était pas très loin, trois maisons sur la droite. Aurélie et Julien décidèrent de ne pas les accaparer davantage vu l'état de choc dans lequel ils étaient. Ils quittèrent le salon et remontèrent à l'étage.

« Est-ce que quelqu'un a vérifié s'il y avait des empreintes sur la fenêtre ? demanda Julien en entrant de nouveau dans la chambre.

– Oui, nous en avons relevé plusieurs. On verra s'il s'agit de celle de la victime ou celle du tueur, dit l'inspecteur qui rangeait son appareil photo. »

Aurélie et Julien sortirent de la maison. Ils remarquèrent tout de suite qu'aux fenêtres des maisons, des curieux tentaient de savoir ce qu'il se passait. Ils échangèrent un regard et se dirigèrent vers la droite, trois maisons plus loin. La maison était éclairée. Ils n'entrèrent pas mais la porte était grande ouverte et d'après ce qu'elle et Julien entrevoyaient, il avait dû y avoir une sacrée fiesta. Ils appelèrent mais personne ne vint. Aurélie appuya sur la sonnette. Au bout de quelques minutes, ils virent arriver un adolescent, les cheveux hirsutes, les yeux cernés et portant pour tout vêtement un tee-shirt couvert de tâches et un caleçon dans un état douteux.

« Ouais, qu'est-qui y a ? Ca va pas la tête de réveiller les gens d'aussi bonne heure et un dimanche matin en plus ! Et pis d'abord, qu'est-ce que vous voulez et d'où vous sortez ? »

Aurélie sortit sa plaque de la criminelle et se présenta ainsi que son coéquipier. Le jeune homme les fit entrer et s'affala dans le canapé envahi par les canettes vides et les cartons de pizzas. Aurélie et Julien refusèrent de s'asseoir au milieu de cette porcherie. Ils allèrent directement au but :

« Connaissiez-vous Elisa Monnet? demanda Aurélie.

– Ouais, répondit Adrien. Pourquoi vous me demandez ça ? »

Aurélie esquiva la question :

« Vous l'avez bien invitée à votre fête hier soir ?

– Oui, c'est vrai.

– Et comment vous a-t-elle parue durant la soirée ?

– Comme à son habitude : belle et joyeuse. D'ailleurs tous les mecs ont essayé de tenter leur chance avec elle et ils se sont tous ramassés. Elle ne sortait qu'avec des mecs plus vieux et plus intelligents disait-elle. Et comme d'hab, les nanas étaient toutes vertes de jalousie.

– Pensez-vous que l'un d'entre eux aurait pu lui vouloir du mal ?

– Ca jasait derrière son dos mais rien de plus. Là vous me foutez les foies, il lui est arrivé quelque chose ? Allez dites-moi ! »

Ce fut au tour de Julien de parler :

« Oui, Elisa a été retrouvée morte dans son lit juste après votre petite sauterie. Son assassin a sauté par la fenêtre. Son père a bien essayé de l'apercevoir mais il faisait trop sombre. Avez-vous vu quelqu'un rôder autour de chez vous cette nuit ? »

Le jeune Adrien était effondré. Sa meilleure amie avait été tuée. Tout à coup, il se leva et se mit à crier :

« Pourquoi, pourquoi elle ? C'est pas juste ! Qui c'est le pourri qui lui a fait ça ? Je vais aller le trouver et lui faire sa fête !

– Justement, c'est parce qu'on ne sait pas qui est ce pourri qu'on vous demande s'il n'y avait personne de louche qui rôdait autour de la maison hier ! Vous n'avez pas remarqué quoi que ce soit d'inhabituel, quelqu'un d'étranger au quartier ? demanda Aurélie. »

Adrien puisa dans ses souvenirs flous et finit par dire aux inspecteurs qu'il n'avait rien remarqué dans la soirée susceptible de les intéresser.

« Autre question, intervint Julien. Vous aurait-elle parlé d'une certaine Emilie ?

– Non pas à ma connaissance. Quel rapport avec Elisa ?

– Elle aussi a été assassinée. Nous pensons que ces deux meurtres sont liés, expliqua Aurélie. Voici ma carte, lorsque vous serez sorti du brouillard, appelez-moi si quelque chose vous revenait. »

Sur ce, Aurélie et Julien tournèrent les talons et sortirent de la maison.

Maintenant, il fallait vraiment qu'ils trouvent quelque chose, un indice, un rapport entre les deux crimes.

Deux crimes en si peu de temps. Etait-ce vraiment l'œuvre d'un tueur en série ? Non, les tueurs en série agissent avec méthode, ils ont un style de femmes précis et en général, ces femmes ont toutes plusieurs points communs et concordants. Or là, rien ! Deux femmes qui ne se ressemblaient pas du tout. Emilie et Elisa n'avaient rien en commun, en tout cas apparemment. Elles ne se ressemblaient pas physiquement, n'avaient pas le même niveau social, leur âge ne correspondait pas et leur style de vie non plus car l'une travaillait, était active et appartenait à une classe plutôt moyenne, l'autre était étudiante, vivait chez ses parents et appartenait à une classe assez aisée.

Aurélie pesta contre ce manque d'indices. Ils étaient forcément passés à côté de quelque chose dans l'enquête sur Emilie.

De toute façon, il fallait attendre l'autopsie d'Elisa pour voir si l'arme et la méthode du crime étaient les mêmes, et savoir si l'assassin était là aussi gaucher. Et plus tard, il faudrait établir les points communs entre les deux meurtres, mais là tout était flou et confus.

Julien de son côté discuta avec les experts du labo et semblait aussi perdu que sa partenaire.

Il rejoignit alors Aurélie.

« D'après toi, deux scènes de crime différentes, deux victimes qui ne se ressemblent pas du tout et un même meurtrier ? Comment est-ce que quelqu'un peut grimper et passer par une fenêtre dans ce genre de quartier, bien éclairé, sans que personne ne le voie ? »

– Je ne sais pas, Julien, mais en tout cas, à première vue, on dirait que ce crime est signé par la même personne. Il faut tout reprendre à zéro, la vie d'Emilie, la vie d'Elisa, et leur trouver des points communs. En ce qui concerne déjà Elisa, demande à son ami de te lister toutes les personnes présentes à leur petite sauterie, le meurtrier était peut-être parmi eux. Nous irons ensuite tous les interroger, peut-être que nous trouverons un petit bourgeois qui n'a pas la conscience tranquille. Nous discuterons plus tard avec les parents, dès que ça se sera un peu calmé et que les lieux seront dégagés. Allez, nous avons du pain sur la planche et là je pense vraiment qu'il faut agir vite. Nous ne savons pas si le tueur a d'autres cibles et la presse va bientôt nous tomber dessus et crier au « Tueur en série ». Il faut agir avant qu'il n'y ait une troisième victime. Je retourne au commissariat. Julien, toi, tu restes ici pour t'assurer que tout se passe bien et essaies de voir si tu peux glaner quelque chose auprès de tous ces curieux cachés derrière leurs rideaux. »

Emilie Pires, Elisa Monnet, un meurtre par jour, il fallait vite qu'ils trouvent au moins un indice afin de stopper ce « Serial killer » en devenir !

Aurélie arriva au Quai des Orfèvres. Il fallait vraiment qu'elle compare les caractéristiques de chacune des victimes afin de voir s'il leur existait un point commun.

Pendant ce temps, Julien faisait son enquête de voisinage, dans ce quartier bourgeois. Il se disait que les gens étaient méfiants et que le moindre détail pourrait les interpeller. Il frappa à toutes les portes mais la majorité des habitants dormaient à cette heure là, vers sept heures un dimanche matin.

Aurélie demanda à sa direction si elle pouvait faire appel à un profiler, profession très largement répandue aux Etats-Unis mais encore peu connue en France. Elle connaissait un certain Antoine Boucheron qui avait réussi à élucider plusieurs affaires en dressant le profil type de différents tueurs.

Son aval obtenu, elle le contacta sans plus tarder. Il pouvait être là dans une heure. Elle rassembla tous les éléments en sa possession et regarda s'il ne lui manquait rien.

Une question lui vint à l'esprit : Emilie Pires était prof au Lycée Jeanne d'Arc, Elisa Monnet était étudiante, mais elle ne savait pas où… Est-ce que cela pourrait être au même endroit ? Et est-ce que cela pourrait constituer une piste ?

Aurélie se demanda vraiment si l'établissement scolaire pouvait constituer une piste. Maintenant qu'elle y repensait, ce lycée était assez rupin, un privé plutôt classe. Tiens ! En y repensant bien, il pouvait y avoir un lien, mais lequel ? Un établissement huppé, une prof, une riche élève et un meurtrier… Son esprit était encombré de pensées, essayant de trouver un lien entre ces deux femmes. Si elles étaient au même lycée, vers qui orienter les recherches ? Un élève, un professeur ou un autre employé ?

Elle rassembla les papiers du dossier fait sur Elisa : dix-sept ans, vivant chez ses parents, diabétique, lycéenne. Ca ne lui apportait rien de plus. Elle tapa alors son nom sur son ordinateur, pensant qu'au vu de sa situation et son âge elle ne trouverait rien. Elisa Monnet. Une page apparut à sa grande surprise : elle avait été abusée sexuellement ! Aurélie fit une recherche plus complète : violée pendant cinq mois par son professeur de mathématiques, Monsieur Cagero, quand elle était en quatrième, à quatorze ans. Celui-ci était toujours en prison. Aurélie n'en revenait pas. La pauvre enfant ! Encore une fois, cette victime avait un passé difficile.

Aurélie appela Julien pour lui confier sa découverte et lui conseilla d'aller voir les parents pour en savoir plus.

Julien n'avait rien obtenu des voisins, à part une vieille voisine à moitié sourde qui avait vu un homme courir et rejoindre une autre personne un peu plus loin dans la rue. Mais ça aurait pu être deux jeunes sortant de la fête comme le tueur rejoignant un complice, elle ne pouvait rien certifier car il faisait trop sombre.

Il retourna alors chez les Monnet et s'installa face à eux dans le salon.

« Je suis désolé de venir vous reposer des questions si tôt, mais nous avons découvert quelque chose et nous aimerions en savoir plus. Votre fille… Elisa… Elle a été violée par un de ses professeurs ?

–Ca remonte à quelques années, dit le père, les yeux encore rouges. Quel rapport avec… avec…

– Nous devons tout savoir sur votre fille, n'omettre aucun détail, vous comprenez ?

– D'accord, reprit doucement le père. Oui, un salop de professeur qui a abusé de son pouvoir. Ce n'était qu'une enfant encore, sanglota-t-il.

– Comment a été votre fille suite à ça ?

– Comment vouliez-vous qu'elle soit ! Très mal ! Surtout que… hésita-t-il.

– Surtout que quoi… ? demanda doucement Julien pour ne pas les brusquer.

– Eh bien, elle… hésita de nouveau le père.

– Elle est tombée enceinte à cause de cette saleté ! cria la mère. Et comme elle n'osait rien nous dire, la date légale d'avortement était passée, même pour aller à l'étranger ! Vous vous rendez compte ! Elle a dû donner la vie à un monstre !

– Calme-toi chérie, tenta d'apaiser le père, qui s'adressa ensuite à Julien. Nous ne l'avons pas gardé. On l'a fait accoucher sous X et on l'a donné à l'adoption. Vous comprenez elle était trop jeune…

– Oui, je comprends, répondit Julien avec compassion. »

Il imagina cet enfant qui devait avoir trois ans au plus. Etait-ce un garçon, une fille ? Elisa avait-elle seulement eu le temps de le prendre dans ses bras ou avait-elle refusé de le faire ? Quel traumatisme pour une si jeune fille ! Avec toutes les horreurs qu'il avait l'habitude de voir, il n'arrivait pas à s'y faire… Tant de détraqués en liberté qui se permettaient de décider du sort de telle ou telle personne, comme ça ! Il prit alors le téléphone afin de tenir Aurélie amante au courant.

Aurélie tomba des nues, tout cela l'écœurait. Elle demanda à Julien de se renseigner sur les lieux et date de naissance de cet enfant né sous X pour avoir son identité et éventuellement voir sa famille d'adoption.

On frappa à la porte de son bureau alors qu'elle raccrochait.

Un homme brun, les tempes grisonnantes, assez grand mais avec quelques kilos en trop se tenait devant elle.

« Bonjour capitaine ! Antoine Boucheron, vous avez fait appel à mes services. Mettons nous au travail dès maintenant car nous sommes dimanche et j'ai une vie privée en parallèle de mon métier. »

Aurélie trouva cette entrée en matière plutôt rude mais elle avait au moins le mérite d'être claire. N'empêche qu'elle aussi avait une vie privée, ne lui en déplaise, même si l'homme qui partageait sa vie était également celui qui partageait son bureau.

Aurélie lui montra les deux dossiers et les informations récoltées par les différents témoignages. Elle le laissa étudier toutes ces informations et se rendit pendant ce temps au laboratoire pour se renseigner sur l'ADN pris sur le chat.

« Bonjour ! Je viens pour les résultats du petit minou » dit-elle en s'adressant à une femme penchée sur un microscope. Celle-ci releva la tête et la regarda avec un grand sourire. Leïla et Aurélie se connaissait depuis des années et s'entendaient à merveille, mais avec leurs horaires souvent décalées et leur charge de travail, elles ne se voyaient pas souvent.

« Bonjour ma belle, dit Leïla en faisant la bise à Aurélie. Je te trouve ça attends... Ah voilà ! Alors ce petit minou, qu'est-ce qu'on en fait nous maintenant ?

— Bonne question ! Il faut demander aux fils de la victime s'ils veulent le prendre avec eux ou alors il faudra contacter la fourrière pour qu'ils passent le prendre. Et les résultats de l'ADN ?

— Alors ce n'est pas le sang de la victime, mais cet ADN n'est pas à quelqu'un de fiché par contre. Donc ça ne vous aide pas trop... Et puis ça peut aussi bien être au tueur qu'à un voisin... En tout cas ce n'est pas du sang animal et il s'agit bien d'un homme, pas d'une femme. C'est tout ce que je peux te dire.

— D'accord, donc faudra d'abord trouver un suspect pour pouvoir comparer ce cher ADN. Super ! Merci quand même, ça nous aidera au moment venu. Bon allez j'y retourne, travaille bien. »

Aurélie remonta à son bureau et retrouva le profiler, plongé dans les dossiers.

A son entrée, celui-ci releva la tête et lui dit :

« Venez voir, il y a tout de même un lien entre les deux victimes.

— Ah oui, répondit Aurélie. Et lequel ?

— Oui, toutes les deux ont été violées et si la première a gardé les enfants de l'inceste, la plus jeune, enceinte aussi, l'a fait adopter. Donc ceci est le seul lien mais qui est justement le choix du meurtrier. »

Il réfléchit encore un instant et ajouta :

« Une victime par jour, choisie selon son critère, il ne doit pas être à son premier essai. Avez-vous fait une recherche sur d'autres meurtres de ce genre à Paris et ses environs, et même sur toute la France ?

— Nous attendons les résultats, mais ils devront être affinés en fonction du choix des victimes, dit-elle.

— Il faut activer ces recherches car il va encore frapper, il ne s'arrêtera pas là.

— Mais comment peut-il savoir pour l'inceste et le viol ? C'est quelqu'un ayant accès à des dossiers confidentiels car les dossiers des mineurs sont protégés ! s'exclama Aurélie.

— Oui. Ou pour la mineure, le personnel du lycée a dû le savoir ! Qu'en pensez-vous inspecteur ?

— Nous allons diriger nos recherches de ce côté et interroger le directeur et les élèves, cela dès lundi matin. »

Aurélie téléphona à Julien et lui demanda de l'attendre, elle venait le retrouver. Elle se leva, prit sa veste et dit aimablement à Boucheron :

« Faites faire une photocopie du dossier et emmenez-la avec vous pour le réexaminez chez vous. Et si vous découvriez encore un indice, prévenez-moi à n'importe quelle heure.

— Bien, répondit celui-ci, mais demain je reviendrai pour lire les dépositions. »

Ils quittèrent le bureau. Aurélie marcha vite car elle savait que le temps lui était compté.

Elle arriva en fin de matinée devant chez les Monnet. Elle était passée auparavant acheter des sandwiches pour elle et Julien, au cas où ils n'auraient pas le temps de se poser quelque part pour manger. Quelques journalistes stationnaient devant la grille de la belle maison. Des voisins avaient dû les prévenir. Il faudrait alors bientôt prévoir une conférence de presse pour rassurer la population. Elle ne pensait pas qu'ils sachent pour le premier crime, à moins qu'un de leurs membres ait lâché le morceau, ce qui était toujours redouté. Elle pénétra dans le jardin par une petite porte située un peu plus loin et à l'abri des regards. Elle monta directement dans la pièce du crime et y retrouva Julien, penché par la fenêtre.

« Il y a une belle vue ? » demanda-t-elle en rigolant.

Julien se releva en souriant.

« Tu sais, mon cœur, je me disais qu'il serait peut-être temps pour nous de concrétiser quelques-uns de nos rêves !

– Oula, tu m'inquiètes presque, là ! répondit-elle les yeux interrogateurs et soucieux.

– Non, y a pas de quoi t'inquiéter, bien au contraire. Ecoute un peu, j'y ai pensé une bonne partie de cette nuit. Que dirais-tu si on achetait une maison, ensemble ? On pourrait y faire plein de belles choses… Et, qui sait… P't'être aussi plein de petits enquêteurs !

– Où tu vas là ? Je ne suis pas une fille facile monsieur ! dit-elle avec un grand sourire.

– Eh bien, je me disais qu'après presque une année à se fréquenter, on pourrait accélérer les choses… Mais bon, tant pis, tu ne veux pas… Y en a d'autres qui attendent tu sais ! lança-t-il l'air détaché, en se retournant afin qu'elle ne puisse voir son sourire moqueur.

– Hep, là… Viens un peu ici, toi ! Ca veut dire quoi ça, « y en a qui attendent » ?

– Capitaine Dubard ! interpella un homme, armé d'un appareil photo à l'objectif plus gros que son avant bras.

– Non, désolé, répondit Julien, coupé dans son élan. Le Capitaine Dubard, c'est la catherinette près de la fenêtre là-bas ! »

Aurélie le toisa du regard et dit en s'avançant vers le journaliste :

« Qui vous a laissé monter, vous ? Stop, n'avancez plus, vous allez brouiller les pistes ! Allez oust , dehors ! cria Aurélie. Vous n'avez aucun respect, ni pour la victime, ni pour les parents et tout cela pour vous écrire un article à sensations !

– Mais, répondit le journaliste, c'est l'inspecteur Mauve qui m'a donné l'autorisation.

– Ha oui et l'inspecteur Mauve est sous mes ordres et moi je vous dis de déguerpir immédiatement ou je vous fais arrêter. Est-ce clair ? hurla Aurélie. »

Ce dernier fit vite demi tour tout en pestant contre Aurélie. Mais celle-ci s'était retournée vers Julien et le regardait fixement, serrant les poings de rage.

« Je vais t'expliquer » se hâta de dire Julien.

Aurélie ne lui laissa pas le temps et les dents serrées lui dit :

« Combien de personnes sont entrées dans cette pièce en dehors du légiste et des gens concernés ? As-tu fait cela aussi pour la péniche ?

– Non, pas pour Emilie Pires, mais ici je pensais qu'il pouvait nous aider en faisant un bon article avec appel à témoins ! se justifia Julien.

– Ce n'est pas notre job de s'occuper de la presse et tu le sais bien Julien, alors pourquoi ? Que mijotes-tu ?

– J'ai cru bien faire ma douce, ainsi nous pouvons rentrer plutôt que de passer ce dimanche en allant d'une maison à l'autre pour glaner quoi ? Rien et tu le sais.

– Rien ! répéta Aurélie. Rien ! Qu'en sais-tu ? Nous avons un boulot à faire et nous le ferons dimanche ou pas. Pigé ?

– Oui d'accord, fit-il d'un air contrit. »

Il pensa qu'elle exagérait de lui parler ainsi, tout le monde pouvant commettre des erreurs ! Il n'était vraiment pas facile d'être sous les ordres de la femme qu'on aime…

« Et bien allons-y alors ! lui lâcha Aurélie en passant devant lui pour descendre. »

Ses yeux lançaient toujours des éclairs de colère.

Un agent les attendait au pied des escaliers et leur demanda de le suivre car il devait leur montrer quelque chose.

Aurélie, suivie de Julien, se retrouva sous la fenêtre de la fille Monnet et là, l'agent lui montra une empreinte de pied.

« Croyez-vous que l'on puisse en faire un moulage ? demanda-t-elle. Ainsi nous saurions le genre de chaussures et la pointure de l'individu.

– Je crois que c'est possible, mais je peux déjà vous dire qu'il chausse du quarante-deux et ce sont des marques de baskets, dit l'agent.

– Hé, vous êtes fortiche, vous, dit Julien.

– Je travaille plus souvent avec la scientifique que dans la rue, répondit modestement l'agent. Je désire passer les examens pour travailler dans leurs services.

– Très bien, dit Aurélie. Faites le nécessaire et donnez-moi les résultats le plus vite possible. Vous me suivez, inspecteur Mauve, nous allons récolter des riens, ajouta Aurélie acerbe.

– Tu ne vas bouder toute la journée non plus ! rouspéta Julien. J'ai fait une erreur, je le reconnais, point final. »

Et il prit les devants en grandes enjambées, laissant Aurélie sur place. Celle-ci pestait intérieurement. Qu'avait-il voulu prouver en permettant à un journaliste à sensation de pénétrer sur les lieux du crime ?

Julien de son côté se demandait si leur relation était vraiment durable. D'après les dires, il n'est jamais bon de mélanger amour et travail, mais advienne que pourra.

Chacun savait qu'ils avaient une sérieuse enquête à mener et que plus vite ils la résoudraient, mieux ce serait pour tout le monde !

La rue était située dans un quartier chic de Paris et était composée de plusieurs jolies maisons cossues. Ils commencèrent par les voisins directs des Monnet. Après tout, s'ils avaient vu ou entendu quelque chose, ils seraient à même de les aider.

C'était un couple de personnes âgées qui étaient venues s'installer ici pour profiter du calme de leurs années de retraite. Comme Aurélie s'en doutait, ces gens n'avaient rien vu et encore moins entendu. Par acquis de conscience, elle leur laissa sa carte.

Ils se dirigèrent ensuite vers la maison qui faisait face à celle d'Elisa. C'était une très belle habitation, une famille paisible et unie, cela se voyait d'emblée. On se serait cru dans un épisode de *La petite maison dans la prairie*, version moderne. Ils étaient encore sous le choc de ce qui venait de se passer. Ils étaient venus dans ce quartier afin de ne pas exposer leur progéniture à la jungle qui règne à l'extérieur, et voilà que la jungle venait à eux ! Le père affirma qu'un dimanche matin à cinq heure et demi, toute sa petite famille dormait, ce qui était tout à fait plausible. Encore une fois, Aurélie leur demanda de bien vouloir la contacter au cas où quelque chose leur revenait.

Julien ayant déjà interrogé quelques voisins, il ne leur resta plus qu'une habitation à visiter, trois maisons plus loin en descendant la rue. Il s'agissait de nouveau d'une famille. Les enfants et le père dormaient à l'heure du crime, mais la mère pu donner quelques détails :

« Je suis insomniaque, vous comprenez. Donc je m'occupe durant la nuit : mots croisés, ménage, internet, plats préparés à l'avance… Et cette nuit, je pense en effet avoir vu quelque chose. Mais je ne sais pas si ça a à voir avec le crime vu qu'on se situe un peu plus bas dans la rue…

— Dites nous quand même, madame, n'importe quel détail peut être important je vous assure ! dit Aurélie pour l'encourager.

— D'accord. Alors en fait, j'étais en train de faire de la couture, sur ma petite table là-bas, face à la fenêtre donnant sur la rue. Et j'ai vu une femme qui attendait quelque chose pendant dix bonnes minutes. Malgré la lumière, elle n'a pas regardé vers moi, j'ai trouvé ça bizarre. Je ne l'ai pas vu arriver, j'étais occupée, mais depuis le moment où je l'ai remarquée, j'ai relevé la tête plusieurs fois et elle était toujours là.

— A quoi ressemblait-elle ? demanda Julien en regardant Aurélie prendre des notes.

— Son visage, je ne saurais dire. Il faisait nuit et de loin… Je suis désolée. Mais par contre, enchaîna-t-elle, elle était de petite taille. Pas une naine, mais pas loin quand même ! Et vraiment bizarrement vêtue ! Pas quelqu'un qu'on croise chaque jour dans nos rues je veux dire. Elle avait un bonnet, alors qu'il ne fait pas froid en ce moment, il fait même plutôt chaud. Et un grand manteau, trop grand pour elle c'est certain ! On aurait dit… Enfin, je n'en croise pas souvent, mais on aurait dit une clocharde.

— D'accord. Et qu'attendait-elle ? Elle est partie à quelle heure ? demanda Aurélie.

— Eh bien, je ne sais pas l'heure exacte, mais c'était pas longtemps avant que les sirènes retentissent, donc sûrement aux alentours de l'heure où… Enfin vous savez… Enfin bon, elle attendait un homme. Lui par contre était plutôt grand et il portait des vêtements normaux. Je l'ai vu arriver, et hop sans même qu'il s'arrête, ils sont partis ensemble.

— D'accord. Merci beaucoup madame, vous nous avez aidé je vous assure. Tenez, voici ma carte. Si vous vous souvenez d'un détail, même s'il vous paraît insignifiant, appelez-moi, dit Aurélie en se levant. »

Aurélie et Julien, toujours sans un mot, rejoignirent leur voiture. Une fois à l'intérieur, Aurélie lança la conversation, n'en pouvant plus de ce silence pesant :

« Je pense qu'il s'agit des deux personnes que j'ai pu voir sur les caméras de surveillance de la rue d'Emilie.

– Oui sûrement, mais bon, un homme et une femme ensemble, ça court les rues en même temps… Mais c'est vrai que moi j'ai une vieille dame qui m'a dit qu'elle avait vu deux personnes partir aussi, donc ça colle bien. Mais après savoir qui sont ces personnes… Ca peut aussi être deux jeunes sortant de la petite fête.

– Oui, mais j'ai l'intuition que non. De toute façon, demain j'ai rendez-vous aux bureaux des métros pour visionner les caméras de la station située tout près de chez Emilie et refaire son trajet en sens inverse. Si deux individus l'ont suivi, on pourra mieux voir leurs visages que dans la nuit noire ! Et si Emilie n'a pas pris le métro, j'appellerai les compagnies de taxi.

– Bon et jusque-là, que fait-on ?

– Récapitulons d'abord. Qu'avons-nous ? Un, un chat ensanglanté portant sur lui un ADN inconnu, information venant de Leïla. Deux, un homme plutôt grand chaussant des baskets de taille quarante-deux affublé d'une complice assez petite portant un bonnet et un imper trop grand pour elle. Est-ce pour se cacher ou dissimuler l'arme du crime ? Trois, une femme et une jeune fille fréquentant le même lycée et toutes deux violées. Quatre, j'ai engagé un profiler pour faire avancer l'enquête et j'espère avoir des résultats dès lundi. »

Julien regarda Aurélie d'un air surpris et dit :

« Quoi ? Tu as engagé un profiler et tu ne m'en a rien dit ! Qu'est-ce que c'est que cette embrouille encore ?

– Il s'appelle Antoine Boucheron et a déjà aidé nos services à débloquer plusieurs enquêtes apparemment sans issues. Le commissaire commençant à nous mettre la pression au cas où il s'agirait d'un sérial killer, j'ai décidé de passer à la vitesse supérieure. Alors avec la piste du lycée, les bandes du métro et le profiler, j'espère que l'on aura enfin des résultats ! Cette enquête commence à être sérieusement sur la corniche, tu ne trouves pas ? s'exclama-t-elle. »

Julien du se rendre à l'évidence, Aurélie l'avait pour la énième fois surpris. C'était certainement pour sa logique implacable qu'elle avait pris du gallon plus que lui. Une pointe de jalousie lui pinça le cœur et il préféra se taire.

Julien et Aurélie étaient fatigués. Aller d'un endroit à un autre, voir et entendre des horreurs en série, et près de soixante heures de travail non stop faisaient que, malgré les quantités faramineuses de caféine qu'ils pouvaient ingurgiter, ils ne tenaient plus debout en arrivant au Quai des Orfèvres. En les voyant, leur supérieur leur demanda de prendre quarante-huit heures de repos avant de se remettre à l'ouvrage. Cela leur permettrait de décanter les informations reçues et d'attendre assez sereinement leur entretien avec le profiler qui avait été reporté le mercredi suivant en début de matinée. Ils se rendirent dans l'appartement qu'ils occupaient tous les deux : un splendide atelier d'artiste à Montmartre largement vitré, en duplex avec mezzanine, avec dans la partie atelier à proprement parler, une hauteur sous plafond de sept mètres et demi. Les baies vitrées étaient constituées de carreaux qui faisaient toute la hauteur de la pièce et ils avaient eu quelques difficultés à trouver une assurance qui veuillent bien assurer de tels risques de bris de glace.

Ils commandèrent un repas japonais à base de brochettes et de sashimis qu'ils arrosèrent de thé vert avant de prendre une douche qui leur parut délicieuse.

Ils passèrent au lit et s'écroulèrent afin de passer une nuit d'un sommeil réparateur.

Elle sentait son souffle sur sa joue, sa main serrer son cou. Ses yeux grands ouverts ne semblaient pourtant pas réaliser ce qu'il lui arrivait. Elle avait de plus en plus de mal à respirer. Sa voix lui dit de se calmer. Elle n'avait pas à avoir peur. Elle le fixait du regard sans pouvoir le détacher du sien. Doucement, elle reprit son souffle. Elle ferma les yeux en espérant qu'elle était simplement en train de rêver. Pourtant, lorsqu'elle les rouvrit, il était encore là. Un rictus se dessinait sur ses lèvres. Elle commençait à avoir de plus en plus peur. Elle voulut crier mais il plaqua sa main sur sa bouche. Doucement, il souleva sa chemise de nuit. Elle voulut se débattre mais il se colla à elle. Elle ne put plus bouger. Une larme coula sur sa joue alors que du sang s'échappait d'entre ses cuisses.

Un cri déchira la nuit.

Julien regardait Aurélie qui semblait dormir profondément. Elle avait crié et pourtant elle continuait à dormir. Il décida d'éteindre sa lampe de chevet et d'en faire autant. Il était trop fatigué pour réfléchir davantage. Les deux meurtres simultanés et les enquêtes qui les accompagnaient, avaient eu raison de sa fatigue psychique pour ses dernières quarante-huit heures. Et si c'était lui qui avait rêvé qu'elle criait ? Il ferma les yeux et s'endormit.

L'odeur du café réveilla enfin Aurélie. Elle tourna dans son lit cherchant de ses mains Julien. Elle leva la tête comme pour être sûr qu'il n'était plus là. Son regard croisa le radio réveil. Il était déjà dix heures.

« Bien dormi ? demanda Julien en la voyant rentrer dans la cuisine.

— Comme un nouveau né, dit-elle en l'embrassant. Et toi ? Tu es debout depuis longtemps ?

— Juste le temps de préparer le café.

— Et les croissants, où sont les croissants ? demanda Aurélie avec un sourire aux lèvres.

— Juste là, dit Julien en ouvrant le four.

— Tu es un homme parfait, dit-elle en l'embrassant goulument. »

Elle saisit la cafetière, deux tasses et partit s'installer sur la table de la salle à manger, alors que Julien la suivait avec le panier de croissant.

« J'ai fait un rêve bizarre, dit Julien en s'asseyant en face d'Aurélie.

— Ah oui, bizarre avec une blonde à la poitrine généreuse ?

— Tiens, c'est une idée pour mon rêve de la nuit prochaine.

— À ton service, dit Aurélie en riant. Alors c'était quoi ?

— Je n'en sais trop rien, j'ai rêvé que tu criais. Ca m'a réveillé, mais tu dormais. »

Aurélie le fixa du regard, son croissant suspendu dans sa main. C'était comme si le temps venait de s'arrêter. Sa main se mit à trembler.

« Tout va bien, ma chérie ? » demanda Julien.

Elle le rassura.

« Au fait, reprit-il, ma mère nous a laissé un message hier soir. Je l'ai rappelée ce matin. Ca te dit d'aller déjeuner chez mes parents ce midi ?

— Oui, oui pas de problème, dit Aurélie comme absente. »

Elle bu son café et se dirigea vers la salle de bain. Elle voulait éviter le regard de Julien qui l'observait du coin de l'œil depuis qui lui avait raconté ce qu'il croyait être un rêve. Elle s'habilla rapidement et lui annonça qu'elle allait acheter un bouquet de fleur pour sa mère. Il lui demanda si elle ne préférait pas qu'il y aille avec elle, mais elle lui dit de plutôt se préparer, qu'elle irait plus vite seule. Il ne fallait pas qu'ils soient en retard pour le déjeuner.

Le vent sur son visage lui fit du bien. Elle décida de passer par le square situé en face de son immeuble. Elle tira sur la petite porte en fer et s'engouffra dans le parc. Elle s'assit sur un banc et ferma les yeux.

Elle avait donc rêvé de ces nuits terribles et Julien l'avait entendu. Se doutait-il seulement de ce qu'il lui était arrivé quand elle était plus jeune ? Elle avait tellement honte, elle se sentait tellement sale, qu'elle n'avait jamais osé en parler à qui que ce soit. Elle avait enfoui le moindre souvenir si loin en elle, et pourtant aujourd'hui, avec ces deux meurtres, son cauchemar refaisait surface. Pourtant, ça n'était pas la première fois qu'elle enquêtait sur des meurtres. Alors pourquoi avait-elle rêvé de ces nuits terribles où elle avait été violée ?

Une main se posa sur ses épaules, la faisant sursauter. Un homme la regardait.

« Est-ce que tout va bien mademoiselle ?

– Oui, merci, dit-elle en se levant. »

Elle s'éloigna d'un pas vif, vers l'autre extrémité du square. Elle longea la rue et entra chez le fleuriste. À peine cinq minutes plus tard, elle était de retour dans l'appartement. Julien n'attendait plus qu'elle pour partir.

Julien conduisit jusqu'à la proche banlieue et arriva devant la maison de chez ses parents.

« Ah, comme je suis heureuse de vous voir, dit sa mère en les accueillant sur le perron.

– Bonjour maman, dit Julien en la serrant dans ses bras.

– Bonjour madame Mauve, dit Aurélie.

– Mais Aurélie, je vous ai dit, appelez-moi Geneviève. Allez rentrez vite les enfants. »

Aurélie ouvrit la porte arrière de la voiture et prit le bouquet de fleur qu'elle avait posé sur la banquette avant de partir. Elle pénétra dans la maison de famille. Une odeur de cuisine vint lui chatouiller les narines.

« Ca sent toujours divinement bon chez vous, dit Aurélie.

— Ma femme est une cuisinière cinq étoiles, annonça monsieur Mauve en arrivant. Bonjour, Aurélie. »

Elle tendit le bouquet à Geneviève qui la remercia mais lui dit que c'était bien inutile. Elle était si heureuse qu'ils soient là. Elle l'invita à aller au salon rejoindre Julien qui s'y trouvait déjà.

Aurélie marcha à pas lent. Dans la voiture, elle n'avait pas dit un mot. Elle répondait juste à Julien par des hochements de tête.

« Est-ce que tout va bien mon p'tit ? » demanda Geneviève en arrivant derrière elle.

Elle répondit machinalement mais pourtant son regard restait dans le vide.

Ils s'assirent tous les quatre dans les canapés et prirent l'apéritif en discutant de tout et de rien. Le père de Julien venait de prendre sa retraite de fonctionnaire de police, il avoua qu'il s'ennuyait et qu'heureusement, sa femme était là pour le motiver à se bouger, sinon il resterait devant la télévision constamment. Ils racontèrent leur petit quotidien de retraité, leur dernier voyage au Mexique, montrèrent les photos. Aurélie en rêvait ! Mais elle ne pouvait pas se le permettre, ni financièrement, ni par rapport à son emploi du temps. Elle et Julien avaient bien des congés, mais rarement en même temps et rarement plusieurs jours de suite. Pourtant, partir loin de tout, oublier tous ces meurtres, agressions et autres, quel bonheur ce serait !

Mais elle revint rapidement les pieds sur terre. Elle voulut allumer son portable professionnel, voir si le meurtrier avait de nouveau sévi, mais Julien l'en empêcha :

« Essaie de te vider un peu la tête voyons ! Le patron a passé l'affaire à quelqu'un d'autre qui doit bien s'occuper du bébé en notre absence, ne t'inquiète pas ! On est trop fatigué, on doit se reposer ma chérie. Cette enquête fait suite à une autre qui a été longue, et si on ne se repose jamais, après celle-ci il y en aura une autre, puis une autre… D'accord ? »

Aurélie acquiesça et se raisonna. Elle vivait trop pour son travail ces derniers temps, il fallait qu'elle prenne le dessus sur cette envie de toujours tout savoir, tout découvrir…

Après un apéritif déjà copieux, ils s'assirent tous à table. La mère de Julien avait préparé le plat préféré d'Aurélie après avoir demandé conseil à Julien : de la poule sauce blanche avec petits légumes et riz. Ils se régalèrent.

Avant le dessert, ils s'assirent à nouveau dans les canapés pour digérer un peu, ils n'en pouvaient plus ! Aurélie ferma les yeux un instant et, sans s'en rendre compte, somnola un bon quart d'heure.

A son réveil, elle était seule dans le salon. Ils étaient tous les trois sortis au soleil, sur la petite terrasse arrière. Aurélie entendait leur voix. Elle s'approcha doucement de la porte donnant sur la terrasse mais se stoppa en entendant la mère de Julien parler d'elle. Celle-ci disait qu'Aurélie avait été lointaine, même bizarre.

« Avez-vous eu une dispute ? demanda-t-elle à son fils.

– Non pas du tout, mais elle a crié cette nuit en dormant et dès que je lui ai dit ce matin, elle est devenue comme ça ! J'ai eu l'impression qu'elle me fuyait !

– Geneviève, ne serais-tu pas ainsi si tu voyais des gens morts ? l'interpella son mari. Il faut être solide pour ne pas devenir fou ! »

Aurélie profita de cet instant pour faire son apparition et s'excusa de s'être assoupie ainsi. Julien se leva et la prit par la main, y déposa un doux baiser et l'aida à s'asseoir.

« Cela vous ennuierait si nous partions maintenant ? demanda Aurélie.

– Vous êtes très pâle ma petite et vous seriez mieux dans votre lit, conseilla Geneviève.

– Mais nous avons le temps, gémit Julien. Pourquoi déjà repartir alors que…

– Je désire rentrer Julien et tes parents le comprennent. Alors s'il te plait, arrête de faire l'enfant gâté, répliqua aussi sec Aurélie.

– Très bien, les ordres de madame seront respectés ! »

Julien fulminait.

« Mais qu'a-t-elle en ce moment et surtout depuis ce matin ? » pensa-t-il.

Ils dirent au revoir aux parents et Geneviève leur remit une tarte tatin qu'elle avait confectionnée avant qu'ils n'arrivent.

A peine éloignés de cinq cent mètres, Julien explosa, rouge de colère.

« Explique-moi un peu ce qui se passe pour agir ainsi ? gronda-t-il.

– Ecoute, calme-toi s'il te plait. J'ai juste besoin de me reposer, c'est tout. Je veux prendre un peu de recul par rapport à tout cela, rien de plus. Je n'ai pas besoin ni envie de me disputer avec toi en plus. Je suis désolée par rapport à tes parents, mais ils m'ont comprise tu sais.

– Tu as raison, je pense que nous sommes un peu à cran, excuse-moi ma chérie. Rentrons et prenons du temps pour nous. Pourquoi n'irions-nous pas manger une glace dans cette petite brasserie que nous affectionnons tant près du Sacré Cœur ? »

Aurélie se laissa tenter par cette idée. Après tout, cela ne pourrait pas leur faire de mal.

Ils se dirigèrent vers la capitale et Julien mit un CD des années quatre-vingt. C'était un des goûts qu'ils avaient en commun, parmi tant d'autres. Il voyait en Aurélie son âme sœur, son alter égo, en plus ambitieuse, d'autres pourraient dire carriéristes.

Elle avait mis du temps à céder à ses avances toutes en finesse. Jusqu'à ce jour où, lors du pot de fin d'année du Quai des Orfèvres, elle s'était laissé raccompagner chez elle par cette nouvelle recrue. Ils étaient tous deux quelque peu grisés par l'alcool et il l'avait embrassé avant même qu'elle ne sorte de la voiture.

Pendant quelques jours, elle ne savait pas sur quel pied danser lorsqu'ils étaient amenés à travailler ensemble. Puis elle s'était rendue à l'évidence, quelque chose se passait entre eux, comme un lien invisible, une attirance impossible à réfréner. Elle s'était toujours dit qu'elle ne sortirait jamais avec un collègue de travail, encore moins un subordonné, mais le destin en avait décidé autrement…

Ils arrivèrent enfin dans le quartier du Sacré Cœur, il fallait à présent trouver une place. Une fois garés, ils se dirigèrent vers leur brasserie favorite. Aurélie mourrait d'envie d'allumer son téléphone portable professionnel, c'était plus fort qu'elle.

Ils s'installèrent à la terrasse et Aurélie savoura le soleil qui tapait doucement sur son visage.

Le serveur arriva et ils commandèrent tous deux leur glace habituelle.

Prise d'une soudaine panique, Aurélie se leva en prétextant une envie d'aller aux toilettes et, arrivée dans celles-ci, alluma son téléphone à la hâte, composa son code pin et attendit fébrile de découvrir si elle avait reçu un message.

Lorsqu'elle crut bon d'éteindre son portable et de retourner rejoindre son bien-aimé, une sonnerie retentit : elle avait un message vocal. Elle s'empressa de l'écouter. Ce jour, à six heure trente-et-une, d'un numéro inconnu : « Bonjour capitaine Dubard, ici le capitaine Khamouri à Lyon. On m'a demandé de vous contacter pour vous informer d'un… Hum… Hum… D'un nouveau meurtre qui pourrait avoir un lien avec ceux de votre enquête. Je vous faxerai dans l'après midi tous les éléments que nous avons. Mais bon je ne suis pas très convaincu. Le meurtre a eu lieu à Lyon dans un campus universitaire. Tenez-moi au courant si vous observez des similitudes dans le mode opératoire. »

Aurélie raccrocha toute tremblante. Et si le même meurtrier sévissait dans d'autre région ? Alors ce serait bien un serial killer…

Aurélie décida de se ressaisir, se rinça la figure dans le lavabo des toilettes et, tout en se tamponnant le visage avec des serviettes en papier pour ne pas marquer son visage, elle se regarda dans la glace en face d'elle. Elle ne se trouvait pas très séduisante aujourd'hui, des cernes bien profonds lui marquaient le visage et ses sourcils commençaient à pousser en bataille. En plus, ces temps-ci, elle ne prenait même plus le temps de se maquiller. Elle décida qu'après cette enquête, elle s'accorderait plus de temps pour elle et ne se priverait de rien : shopping, hammam et esthéticienne.

Après cette brève constatation, elle revint à la réalité.

Comment allait-elle annoncer à Julien qu'elle avait fini par allumer son téléphone ?

Revenue près de celui-ci, il lui dit :

« Tu en as mis du temps ! Tu es malade ma chérie ?

– Non, répondit-elle, mais je dois t'avouer que j'ai allumé mon portable. J'avais un message de Lyon de…

– Quoi ? cria Julien. Tu as osé faire ça alors qu'il était convenu…

– Arrête s'il te plait, je ne peux pas m'empêcher d'être flic et l'enquête est assez compliquée comme cela pour que tu me rajoutes du stress Julien.

– Très bien et que t'a-t-on dit de Lyon ?

– Un lieutenant Khamouri va faxer le dossier d'un meurtre qui a eu lieu sur le campus. Peut-être le même mode opératoire que pour nos deux meurtres et si cela est exact, nous pourrons sérieusement envisager qu'on a un sérial killer sur les bras ! dit doucement Aurélie.

– Eh bien, cours au commissariat et ainsi tu sauras. Mais moi je rentre. Le patron nous a donné congés jusqu'à demain soir compris et je compte en profiter, avec ou sans toi, lui lança Julien tout en se levant et en déposant un billet de dix euros sur la table.

– Enfin Julien, c'est important, d'autres vies sont en jeu et toi… Du Bock a bien jugé utile de me faire prévenir… Oh et puis zut, je prends un taxi et je vais faire ce pourquoi je suis payée et que j'aime, lui rétorqua Aurélie. Je te retrouverai à l'appartement.

– Tu aimes ce que tu fais oui, et moi alors ? Alors oui c'est ça à tantôt ! Mais je vais te dire que tu t'impliques de trop dans cette affaire et j'aimerai que tu me dises ce qu'elle a de différent pour agir ainsi ? Réfléchis bien et tu me diras ça ce soir, si tu rentres tôt ! »

Julien partit et Aurélie fit signe à un taxi. Pendant le trajet, elle pensa qu'elle était bien plus concernée par les victimes ayant subi ce qu'elle avait enduré et cela, elle n'était pas prête pour en parler à Julien. Elle doutait qu'il puisse comprendre et de toute façon ça ne le regardait pas pour l'instant. « Je ne suis pas sûre de moi et de ma relation avec lui et pourtant je l'aime tant » pensa Aurélie.

« Vous êtes arrivée, ma petite dame » lui dit le chauffeur.

Elle paya, saisie d'avoir été plongée aussi loin dans ses pensées. Elle arriva en trombe dans son bureau et se dirigea tout de suite près du fax. Rien ! Elle n'avait encore rien reçu. Elle se rappela que le capitaine Khamouri avait dit qu'il faxerait les documents dans l'après-midi et non tout de suite, il se pouvait qu'il ne l'ait pas encore fait… Ou bien que quelqu'un les ai pris !

Elle se décida alors à faire le tour de ses collègues pour savoir qui se serait servi.

Sortie de son bureau, elle croisa son supérieur qui s'étonna de la voir :

« Mais vous êtes en repos ?

– Oui, mais j'ai reçu un appel de Lyon concernant un meurtre…

– Ah oui oui, effectivement, c'est moi qui ai demandé à ce qu'on vous contacte. Mais je ne m'attendais pas à vous voir si rapidement. Bon, eh bien si vous avez besoin d'aide servez-vous du lieutenant Bataz car j'ai également donné congé à Julien Mauve.

– Oui, je sais, vous nous les aviez accordés en même temps hier. »

Aurélie partit en grognant : « Pff, le lieutenant Bataz, à quoi il va me servir ce naze ? »

En effet, Aurélie n'appréciait guère ce «charmant collègue», le préféré du chef, qui n'hésitait pas à lui faire du rentre dedans et qui se doutait d'une relation entre elle et Julien. Il était vrai qu'il fallait avouer que c'était un bel homme, un brun ténébreux, bien bâti et qui attirait pas mal de filles.

Elle se retourna alors et se dirigea au pas de course dans le bureau de ce sacré personnage.

« Dites-moi lieutenant Bataz, vous n'auriez pas réceptionné un fax qui m'était adressé ? questionna Aurélie d'un ton soupçonneux.

– Bonjour capitaine Dubard, comment allez-vous ?

– Je vous ai posé une question et je n'ai pas le temps de plaisanter, répondit Aurélie.

– Oui, merci, je vais bien moi aussi, continua le lieutenant Bataz. Mais où est votre acolyte Mauve ? De repos ? »

Aurélie savait que si elle ne répondait pas à sa demande, il continuerait à la narguer. Etre la seule femme dans un milieu plutôt macho l'avait aidée à s'endurcir, mais lui était beaucoup trop têtu pour qu'on puisse l'ignorer.

« Oui, il est en congé. Alors ce fax ?

— Vous êtes ravissante aujourd'hui. Voulez-vous un café ?

— Je vous rappelle que même si vous êtes le chouchou du chef, n'oubliez pas que je suis moi-même votre supérieure. Alors avez-vous ce fax oui ou non ?

— Avant tout, je tenais à vous signaler que le grand chef m'a demandé de rester à votre disposition tant que lieutenant Mauve est en congé, se délecta d'annoncer le charmant lieutenant. »

Il lui donna alors le fameux document. Aurélie saisit la chemise que lui tendait le lieutenant Bataz et lui demanda :

« Avez-vous examiné les pièces du dossier ?

— J'y ai jeté un coup d'œil. Mais ce n'est pas mon dossier, vous savez.

— Oui, mais comme en attendant vous êtes en charge de l'affaire, vous auriez pu l'étudier. Comment peut-on faire confiance à un adjoint tel que vous, lieutenant? Je vous demande d'étudier avec soin ces trois affaires. Vous me ferez un rapport détaillé en trois exemplaires que je veux sur mon bureau après-demain à l'aube. Et quand je dis à l'aube, ce n'est pas à midi, c'est pour avant six heure du matin.

— Merci de l'information.

— En attendant, faites-moi deux copies de ce document. Je vais en étudier une de mon côté et faire parvenir l'autre au lieutenant Mauve. Nous comparerons nos conclusions aux vôtres après-demain matin, dès que vous m'aurez communiqué votre rapport. Soyez dans les temps sinon je vous ferai faire connaissance avec la vraie Aurélie Dubard.

Une demi-heure plus tard, Aurélie quittait le Quai des orfèvres, rejoignant Julien à son domicile avec ses copies du dossier. Elle le feuilleta rapidement dans le métro.

La victime s'appelait Isabelle Duchemin, était âgée de vingt-trois ans et préparait un master à Lyon III.

Etudiante apparemment sans histoire, avec peu d'amis. Elle avait été égorgée dans son lit alors qu'elle dormait sur son flanc droit. La lame était étroite et très acérée, de forme légèrement creuse, un peu comme un rasoir, spécifiait le légiste local. Selon lui le coupable avait utilisé son arme en tirant dessus de droite à gauche.

Cette victime-ci avait par contre été violée, ce qui n'empêchait pas un lien avec les meurtres autour de Paris, le meurtrier ayant pu se lâcher un peu plus, se permettre plus de choses… Aurélie réfléchit. La procédure de meurtre semblait la même mais il y avait quelque chose qui la chatouillait. Un lien étrange semblait relier les victimes entre elles. D'abord Emilie, puis Elisa et enfin Isabelle. Un déclic se fit dans la tête d'Aurélie : les trois dernières lettres du prénom d'une victime se mélangeaient dans les trois premières lettres du prénom de la victime suivante. Ce qui ne sautait pas aux yeux avec deux victimes devenait évident avec trois et plus. Evidemment, ce n'était qu'une supposition, mais depuis qu'elle exerçait ce métier, Aurélie savait que tout était possible comme lien entre victimes… De plus, elle était certaine que la victime devait avoir un passé proche de celui des deux précédentes. Mais pourquoi Lyon et plus Paris ?

Autant d'énigmes supplémentaires à résoudre. Ceci dit, elle voulait passer une soirée de détente avec son homme et décida de ne plus y repenser. Demain serait un autre jour et comme elle avait encore une journée de libre elle voulait en profiter. Pourquoi ne pas passer un moment coquin avec Julien ? Cela faisait si longtemps que ça ne leur était plus arrivé. Elle décida de faire une escale sur le boulevard de

Clichy pour trouver de quoi se changer et faire la surprise à Julien de trouver une nouvelle Aurélie devant lui. Elle entra dans une boutique et en ressortit transformée de la tête aux pieds : perruque, dessous sexy et coquins, vêtements élégants mais provocants, chaussures aux talons vertigineux et jolis bas.

Elle avait mis sa tenue de travail dans un sac, avait pris le temps de se maquiller et était sortie du magasin dans une tenue qui ne faisait plus penser au capitaine Dubard mais à maîtresse Aurélie.

Elle se fit remarquer sur le chemin de son domicile mais ne croisa aucun collègue.

Aurélie sonna à sa porte et ne répondit pas quand Julien demanda l'habituel «Qui est là ?»

Quand il ouvrit la porte et il eut un mouvement de recul en la voyant. Puis il sourit et la tira par les mains à l'intérieur. Ils firent l'amour, encore plus passionnément qu'à l'habitude. Ils oublièrent ces derniers jours, leurs petites querelles et s'abandonnèrent aussi bien physiquement que psychologiquement.

La nuit tombait quand ils se décidèrent à sortir de leur lit. Ils commandèrent une pizza pour ne pas avoir à ressortir.

Après avoir mangé, Aurélie raconta sa visite au bureau à Julien qui ne s'étonna pas du comportement de leur collègue. Il préférait l'ignorer que de s'énerver à cause de lui.

Ils ouvrirent chacun leur dossier et le parcoururent de leur côté, notant ce qui leur paraissait important ou en relation avec les meurtres précédents.

Isabelle était sortie le soir du meurtre, en boîte pour une soirée étudiante. Mais elle n'était pas restée longtemps et on l'avait vue rentrer vers une heure du matin.

« Pff, souffla Julien. Si on laissait ça de côté maintenant et qu'on profitait de notre soirée de libre ?

– D'accord mon amour, répondit Aurélie en souriant et en fermant son dossier. Que me proposes-tu d'intéressant ?

– Je te laisse décider, tu sembles maîtresse de la soirée, dit-il.

– Voyons voir… dit-elle en se levant de la chaise devant la table du coin salle à manger où elle s'était installée pour étudier le dossier, alors que Julien s'était installé sur le canapé. On peut aller faire du gras au lit en regardant le film navet de la soirée, dit-elle en énumérant sur ses doigts.

– Ou ?

– Ou bien on peut profiter de notre dernière soirée pour regarder l'intégralité du DVD de la saison quatre de *La petite maison dans la prairie*. »

Julien la saisit par la taille et l'attira sur le canapé. Il s'allongea sur elle, se colla contre elle. Ses lèvres, collées aux siennes, s'entrouvrirent pour explorer sa bouche de sa langue. Doucement, lentement, ils refirent l'amour.

Allongés sur le canapé, les jambes mêlées, ils s'étaient assoupis l'un contre l'autre.

Une lumière tamisée éclairait la chambre. Pourtant, elle avait l'impression de voir comme en plein jour. Ce n'était pas avec ses yeux qu'elle avait besoin de voir. Elle voyait avec son cœur, son corps, tout son être. La douleur qu'elle ressentait si souvent venait de se réveiller au plus profond d'elle même.

Elle détourna le visage. Elle avait oublié de tirer les rideaux ce soir avant de se coucher. Elle pouvait voir que dans l'immeuble en face, il n'y avait plus de lumière allumée. Quelle heure pouvait-il être ?

Elle vit une ombre dans le reflet de sa fenêtre. Elle se tourna sur le côté. La porte de sa chambre s'ouvrit, elle entendit qu'on lui parlait, mais ne fit pas attention au sens des mots qui lui étaient adressés. Une larme se mit à couler sur sa joue et elle la balaya du revers de sa main. Sa bouche s'ouvrit. Un cri déchira la nuit.

Julien se réveilla en sursaut. Il regarda Aurélie. Comme la nuit précédente, elle dormait à poings fermés. Cette fois pourtant, il décida de la réveiller.

« Aurélie » chuchota-t-il. « Ma chérie réveille-toi » dit-il en la secouant doucement.

Aurélie se réveilla en sursaut et paniquée

« Hé ma belle, la rassura Julien. Tout va bien, ce n'est que moi. Il me semblait que tu cauchemardais. Je t'ai entendu crier comme la nuit dernière, qu'est ce qui se passe ?

— Mmm rien, je n'ai pas crié, répondit Aurélie calmement en se concentrant pour chasser ses images de sa tête.

— Ecoute, hier je pensais avoir rêvé, mais cette fois-ci je suis persuadé que non. C'est bien toi qui vient de crier cette nuit, comme la nuit dernière.

— Pff, tu me réveilles pour ça ! répondit Aurélie avec agressivité. Et alors tu veux quoi ? Je vois pas à quoi ça te sert de savoir si j'ai crié ou si c'était un rêve, laisse-moi dormir. »

Aurélie se releva et se dirigea vers son lit.

« Alors là Aurélie, ta façon de me répondre me fait croire que j'ai bien raison. Tu cauchemardes, tu cries et en plus je te trouve bien à cran ces derniers temps » dit Julien en se levant et en la suivant.

N'entendant aucune réaction de sa part, il la rattrapa et la tira par son bras.

« Aïe ! Mais qu'est ce qui te prends ? s'écria Aurélie

– Aurélie, je m'inquiète pour toi. Depuis le début de ces meurtres…

– Ca n'a rien à voir, s'empressa-t-elle de dire.

– Dis-moi ce qui ne va pas, ma belle ?

– Tout va bien, dit-elle en s'allongeant dans le lit.

– Il faut que tu aies confiance en moi.

– Puisque je te dis que tout va bien ! Vas-tu me laisser dormir ?

– Pas tant que tu ne m'auras pas dit la vérité.

– Les vacances sont encore loin et j'en aurais bien besoin.

– Il ne s'agit pas de cela et tu le sais pertinemment, fit-il en s'allongeant contre elle. Je t'aime Aurélie. Mais il faut que tu me fasses confiance.

– Je te dis que tout va bien, dit-elle en se redressant dans le lit.

– Où tu vas ? demanda Julien en la voyant quitter la chambre avec son oreiller.

– Dormir sur le canapé. »

Machinalement, Aurélie regarda l'heure : cinq heure trente-cinq à son réveil. Son cauchemar s'était terminé quelques minutes auparavant. La nuit précédente, il devait être à peu près la même heure quand elle avait cauchemardé. Avant de s'asseoir sur le canapé, elle prit le dernier dossier, celui d'Isabelle Duchemin. Elle le parcourut et lut «Heure estimée du décès : cinq heure trente, plus ou moins quinze minutes». Elle regarda dans les autres dossiers. Les autres crimes avaient eu lieu sensiblement à la même heure.

Elle retourna dans la chambre et s'assit sur le bord du lit.

« J'ai l'impression qu'il y a eu un crime de plus dans notre affaire, Julien.

– Comment sais-tu ça?

– Je ne sais pas. Appelle ça de l'intuition féminine.

– Tu voudrais dire que tu aurais rêvé qu'un crime arrivait ce soir ?

– Je crois, oui. Une jeune fille violée et égorgée. Je n'ai pas vu son visage ni celui du meurtrier. C'était flou dans mon rêve. Par contre, j'ai pu constater que mes rêves des dernières nuits avaient lieu concurremment aux meurtres. C'est peut-être bizarre, mais c'est comme ca. Je sais pas comment ca se fait. Ce qui est curieux c'est que j'ai l'impression que c'est moi qui suis la victime à chaque fois. Ca fait drôle d'avoir l'impression de mourir quand tu rêves…

– Mais nos victimes parisiennes n'ont pas été violées ?

– Oui, mais comme celle de Lyon l'a été, si c'est le même meurtrier, il a peut être évolué dans son procédé… Et comme j'ai de nouveau fait ce rêve cette nuit, je pense qu'il est de nouveau passé à l'acte…

– Je comprends, ma chérie. Si ça ne t'ennuies pas, je pense que tu devrais en parler au patron. Il pourrait comprendre je pense…

– Ok, j'en parlerai au commissaire Du Bock demain. »

Aurélie prit une douche froide et alla se coucher. Sur le canapé. Elle n'arrêtait pas de bouger, cherchant à se caler pour enfin s'endormir. Elle savait que c'était peine perdue. Sans bruit, elle se leva du canapé. La lumière du jour naissant l'éclairait assez pour qu'elle puisse trouver son jogging et une casquette dans son armoire sans faire de bruit. Elle prit ses clés et les enfouit dans sa poche. Doucement, elle ferma la porte derrière elle.

Elle courut jusqu'à la bouche de métro la plus proche et s'engouffra dans le premier wagon, juste avant que le métro ne reparte. Elle était seule, mais elle entendait des voix provenant du wagon voisin. Par déformation professionnelle, elle analysa la situation qu'elle voyait par bride à travers la vitre qui séparait les wagons. Un homme et une femme avaient une violente altercation. Leurs voix étaient couvertes par les brisements des rails. Le métro s'arrêta. Aurélie se pencha pour voir s'ils descendaient. Le métro repartit et la dispute reprit.

La silhouette de l'homme se dessina devant la vitre de son wagon, par réflexe Aurélie baissa la tête. La porte séparant les wagons s'ouvrit. La voix de la femme lui parvint. Elle parlait dans une langue étrangère. Puis elle se tut. Aurélie vit du coin de l'œil que l'homme lui avait fait signe de se taire en désignant Aurélie.

Le métro s'arrêta puis repartit. L'homme et la femme étaient debout en début de wagon. L'homme fit un signe à la femme et ils avancèrent. Il était grand, brun et ne devait pas avoir plus de trente ans. Elle, petite. Aurélie avait dû mal à la distinguer derrière cet homme.

Doucement et sans bruit, ils continuaient d'avancer. Aurélie, pour sa part, continuait à avoir le visage baissé et, grâce à sa casquette, elle pouvait les voir sans trop se faire remarquer. Pourtant, plus ils avançaient vers elle, plus elle risquait de se faire repérer.

Le métro rentra en station et stoppa. Le couple dépassa sa banquette. Elle sentit qu'ils s'asseyaient sur les strapontins, juste derrière elle. Elle ferma les yeux essayant de deviner ce qu'ils faisaient, se concentrant sur le moindre bruit. Elle entendit des chuchotements. Doucement, elle tourna son visage vers la vitre située à sa droite mais la structure métallique de la rame de métro ne lui permit pas de voir quoi que ce soit. Elle tourna son visage vers la vitre opposée. Elle les vit.

La femme faisait de grands gestes, l'homme ne semblait pas être d'accord avec ce qu'elle était en train de dire. Il ne cessait de dire non avec sa tête et de lui bloquer les mains pour l'arrêter dans ses explications. Mais elle reprenait plus vivement.

Le métro rentra de nouveau en station. Le couple s'arrêta de parler. La femme se leva, regarda des deux côtés et se rassit. Le métro repartit.

Aurélie continuait à les regarder et le couple ne semblait pas avoir remarqué qu'elle les observait. La femme reprit ses gestes et l'homme ses négations. Elle fit un geste vers le reflet d'Aurélie. Avait-elle remarqué qu'Aurélie l'observait ?

Le métro freina. Aurélie se leva d'un bond. Elle tourna la poignée de la porte du wagon, sortit de la rame et arriva sur le quai. Elle se mit à courir à perdre haleine à travers les couloirs du métro et monta les escaliers trois par trois.

Le ciel était rougi par le soleil qui continuait à monter dans le ciel.

Elle avait du mal à respirer, mais ne cessait de courir, voulant s'éloigner aussi vite que possible.

C'était drôle, mais ces gens l'avaient vraiment fait flipper. Ils étaient bizarres tous les deux.

Mais bon sang, un homme grand et une femme petite… Est-ce que ça pouvait être possible ou alors c'était une coïncidence ? Ces deux là ressemblaient à la description des gens qui avaient été aperçus sur les lieux des meurtres.

Il fallait qu'elle en ait le cœur net, pas le temps de repasser par la maison. Elle héla un taxi.

« Quai des Orfèvres, s'il vous plaît. »

Elle réfléchissait dans le taxi. Il fallait revoir les dossiers et les descriptions, et dès qu'elle arriverait, elle demanderait les vidéos de surveillance sur la ligne de métro qu'elle venait de prendre pour voir où étaient descendus ces gens. Pour la première fois, elle avait l'impression de commencer à suivre une piste, une vraie.

Arrivée à son bureau, hors d'haleine et quasiment pliée en deux par un point de côté, elle prit le dossier et se posa sur le bord du bureau. Elle était ainsi, à lire chaque page, quand elle arriva à la description du couple. C'était bien ça, elle petite et lui grand. La femme du métro avait bien un manteau trop grand pour elle ! Il fallait absolument qu'elle aille visionner les vidéos du métro pour comparer et peut-être avoir une meilleure description !

Aurélie se remit sur les pieds mais elle vit la pièce tourner et dû s'appuyer au dossier de la chaise.

« Zut se dit-elle, il faut que je mange un bout. J'ai trop donné dans ma course et je manque de sucre. »

A ce moment-là, Julien entra et lui dit : « Il me semblait bien que tu serais ici ! Mais tu es toute pâle ! Tu dois manger, allez viens et tu m'expliqueras en grignotant. »

Avec son croissant dans une main et un café dans l'autre, Aurélie lui raconta sa rencontre dans le métro, alors qu'ils se dirigeaient vers le local de vidéosurveillance de celui-ci.

« Je te parie que c'est une piste valable et que nous allons voir à quoi ils ressemblent, lui dit-elle.

– Et bien nous y voilà, nous allons le savoir, dit Julien tout en poussant la porte du local vidéo du métro.

– Bonjour monsieur, nous venons visionner les vidéos de ce matin, c'est pour notre enquête et c'est très important, spécifia Aurélie tellement pressée qu'elle oublia de se présenter, chose que rectifia Julien.

– Bien, dit l'homme, je vous passe ça comme c'est tout frais. Installez-vous, je vous en prie.

La vidéo commença à défiler et Aurélie était quasiment le nez dessus lorsqu'elle s'écria : « Là, les voilà. Pouvez-vous faire un gros plan ? Ils sont un peu dans l'ombre et je les distingue mal. »

Les traits devinrent de plus en plus nets. Aurélie sentit son cœur se serrer.

« Pouvez-vous me sortir une photo de cet agrandissement là, s'il vous plait ? demanda-t-elle à l'agent de surveillance.

– Sans problème, donnez-moi juste dix secondes et je vous donne ça.

– Au moins, avec leurs portraits sur papier glacé, on va pouvoir les étudier en détail ! lança-t-elle à Julien.

– Bien joué, chef, lui rétorqua Julien, en lui glissant un clin d'œil furtif.

– Et voilà, ma petite dame, une belle photo couleur, rien que pour vous. Vous allez la faire dédicacer ? poursuivit-il, se croyant drôle.

– Subtil, avec ça… Merci beaucoup, en tout cas de votre précieuse aide. Vous me sortez le fichier et vous me le protégez dans un boitier, je vais l'emmener aussi. »

Il disparut furtivement dans la pièce à côté et revint avec la précieuse pièce à conviction à la main.

« Tenez, voilà votre trésor, mais il me faut une décharge en retour, que je ne sois pas accusé de l'avoir détruit ou perdu. C'est la procédure, vous comprenez !

– Oui, oui, pas de problème, donnez-moi votre papier à signer. »

Elle s'exécuta et ne tarda pas à se retirer, talonnée de près par Julien.

Elle descendit les escaliers à une vitesse vertigineuse. Julien s'empressa de la rattraper par le bras et stoppa là sa course effrénée.

« Hé, une minute, c'est un fichier, pas une glace à la vanille, ça ne va pas fondre. Pourquoi tu cours comme ça ?

- Ecoute mon cœur, fais moi confiance s'il te plait, mais je t'en prie, rentre à la maison ou va faire un tour, je t'appelle dès que j'ai fini, je te le jure ! »

Elle l'embrassa langoureusement, en tenant son visage à pleine mains, puis s'enfuit à nouveau. Il n'eut pas le temps de répondre que déjà elle avait disparu derrière la porte qui s'était refermée sur elle.

Il resta là, bouche bée et encore tout hébété par ce fabuleux baiser. Il reprit sa route et se dirigea machinalement vers les boutiques de l'avenue, réfléchissant inlassablement à ce qui venait de se passer. Il ne trouvait pas réponse à ses questions et décida de lui faire confiance. Après tout, depuis cette dernière année, jamais elle ne l'avait trahi !

Quelques minutes plus tard, Aurélie arriva en trombe dans le bureau de Du Bock.

« Commissaire, il faut abs… »

Mais avant même qu'elle ne finisse sa phrase, son supérieur la rabroua : « Dubard ! Où est-ce que vous vous croyez, bon Dieu ? Vous ne savez pas frapper à une porte ? Recommencez votre entrée, immédiatement ! »

Elle baissa les yeux et fit demi tour, refermant la porte sur elle.

Toc, toc, toc…

« Entrez !

– Commissaire, j'ai quelque chose à vous montrer, regardez ça. »

Elle lui colla la photo sous le nez et s'écria :

« Lui, là, vous le voyez ? Je le connais je crois ! Enfin, je l'aurais connu il y a vingt ans!

– Comment ça vous l'avez connu il y a vingt ans ? Et vous étiez sa baby-sitter ? Il doit avoir à peine vingt cinq ans ce gars !

– Je m'explique, mais vous devez me jurer de ne rien révéler à personne !

– Je ne peux pas, je ne suis ni curé, ni médecin, et vous le savez.

– Asseyez-vous...

– De mieux en mieux, maintenant, elle m'ordonne de m'asseoir ! Mais allez-vous enfin m'expliquer ce qui se passe dans votre tête ? »

Il s'assit et attendit un instant.

« Voilà, Monsieur Du Bock, c'est très dur ce que je vais vous dire »

Elle reprit son souffle et enchaina sur son histoire personnelle et tellement difficile.

« Il y a vingt ans, le dix mai mille neuf cent quatre-vingt neuf, alors que je venais de fêter mon dix-septième anniversaire, un homme m'a suivie à la sortie du lycée et… Enfin, vous voyez, quoi… Eh bien, ce gars sur la photo là, il lui ressemble tellement. Je pense sincèrement que c'est son fils ! Je vous jure, commissaire, jamais je ne pourrais oublier cet homme »

Du Bock était scié. Aurélie, habituellement si forte et si enjouée. Etait-ce bien elle, qui se trouvait face à lui et qui lui confiait tout cela ? Il était abasourdi.

« Ok, on va tout reprendre depuis le début si vous voulez bien. Commençons par un café et vous allez me raconter tout ça, calmement. »

Aurélie lui expliqua la scène du métro, ses ressentis et rêves d'agression, son passé trouble. Il écouta, compatissant.

« Mais en fait, vous n'avez aucune preuve que ce soit lui et cette femme précisément sur les lieux des crime ? Et puis, son visage vous trouble, mais nous ne savons rien de cet inconnu, et on ne peut se baser uniquement sur des photos, vous comprenez ?

– Oui, je sais bien, mais et si j'arrivais à faire lien ?

– Mais je n'attends que ça ! Vous avez regardé ces vidéos du métro, mais vous n'avez pas pensé à en profiter pour regarder les bandes de la station près de chez Emilie Pires pour retracer son parcours ?

– Zut, j'ai complètement oublié ! J'avais tellement ce visage en tête…

– Ce n'est pas grave, vous y retournerez ou y enverrez quelqu'un. Quant à vos rêves… Eh bien, si c'est vraiment le fils de votre agresseur, et même si ça ne l'est pas d'ailleurs, il se peut que vous ressentiez une similitude dans les meurtres. Je ne sais pas, un détail qu'on ne perçoit pas d'emblée mais qui vous permet de faire lien inconsciemment et du coup, vous revivez votre agression et la mélangez aussi sûrement avec l'idée que vous vous faites du moment des meurtres… Enfin, je ne suis pas psy, je ne peux pas tout vous expliquer évidemment, mais vous voyez ce que je veux dire ?

– Oui, vous avez raison. Ca doit être ça !

– Oui, mais ne vous emballez pas sur mes dires. Déjà, on ne sait pas si cet homme est le meurtrier. Surtout que si votre agresseur est vraiment son père, il ne vous a pas tué, il vous a violé. Or ici, on a le schéma contraire : pas de viol, mais un meurtre seulement. Mais j'attends que vous me démontriez tout cela, ajouta-t-il en lui souriant. »

Aurélie ressortie du bureau plus boostée que jamais. Si c'était réellement le fils de ce cinglé qui tuait, il fallait qu'elle l'arrête ! Elle repartit aussitôt au local vidéo du métro. L'agent de surveillance fut surpris de la revoir.

« J'ai oublié de visionner certaines bandes tout à l'heure, s'excusa-t-elle. Du coup, je viens vous embêter à nouveau.

– Vous ne me dérangez pas, je reçois rarement de la visite, alors ça me change, répondit-il souriant. »

Elle lui expliqua quelle bande qu'elle voulait voir. Il la fit s'asseoir et alla chercher ce qu'elle demandait. Ils visionnèrent la vidéo et virent Emilie Pires sortir d'une rame.

« Là, c'est elle, c'est elle ! s'écria Aurélie. Désolée, s'empressa-t-elle de rajouter se rendant compte qu'elle avait crié, je n'ai pas l'habitude de m'emballer comme ça.

– Ne vous en faites pas, je suis tout excité aussi de pouvoir participer à une enquête ! Si je peux aider, j'en serais content. Bon alors, il s'agit à cette heure… dit-il en regardant le programme des rames de métro du jour concerné, de la rame 17462. Elle vient de… Attendez, je vais chercher la bande de cette rame. »

Ils passèrent plus d'une heure à visionner des bandes vidéo, retraçant le parcours d'Emilie dans le métro. Et dans une des rames, elle les vit : l'homme et la femme qu'elle-même avait vus quelques heures auparavant ! Son cœur s'emballa ! En regardant plus longtemps les bandes, elle constata qu'ils l'avaient suivie. C'était donc bien eux qu'elle avait vu sur la bande de la rue d'Emilie !

Aurélie pensive, repassa dans sa tête tous les évènements de ces derniers jours.

Il fallait établir un plan d'action et retrouver ces deux là. Apparemment, il fallait placer quelqu'un pour les suivre et le mieux était de poster des agents dans le métro aux stations précises où on les avait vus. Il fallait savoir ce qu'ils faisaient, où ils vivaient et pourquoi ils étaient mêlés à ces meurtres, s'ils l'étaient réellement.

Elle se dit à nouveau que, pour l'instant, elle devait faire abstraction de son histoire à elle car sinon elle ne pourrait pas bien mettre ses idées en place pour mieux avancer dans cette enquête et Du Bock finirait par la mettre sur la touche.

Elle allait pouvoir retourner au commissariat avec ces nouvelles bandes et avec Julien pour qu'il se remette au travail rapidement grâce à ces nouveaux indices. Il fallait retracer maintenant les derniers jours « du grand homme et de la petite femme au manteau», puis faire un topo à l'équipe qui allait être chargée de les pister. Elle établirait leur itinéraire dans le métro et se posterait aux stations qu'ils fréquentaient.

Les deux suspects lui avaient semblé nerveux, ils devraient donc être très prudents pour ne pas leur faire peur au risque de les perdre. La femme semblait sous l'emprise de l'homme. Elle revit encore son regard lugubre, sombre. Et elle pensa à d'autres yeux aussi lugubres et sombres… Un long frisson l'envahit. « Il faut que ces idées sortent de ma tête » pensa-t-elle. « Je dois me concentrer. »

Arrivée Quai des Orfèvres, elle se dirigea d'un pas décidé dans un endroit en particulier.

« Lieutenant Bataz, où est le rapport que je vous ai demandé ? réclama-t-elle en rentrant dans son bureau sans s'être annoncée.

– Mais, je croyais que…

– Eh bien vous aviez tort, il faut toujours avoir un métro d'avance, dit-elle en quittant le bureau. Ah, dit-elle en revenant sur ses pas, vous allez regarder dans notre fichier et voir si vous trouvez cet homme et cette femme.

– Tout le fichier ? demanda le lieutenant.

– Non juste les deux premières pages. Bien sûr tout le fichier !

– Il s'agit de suspects dans les meurtres ? demanda-t-il.

– Contentez-vous de faire ce que je vous dis. Une fois que vous aurez trouvé qui ils sont, cherchez moi leur adresse et convoquez-les moi. »

Aurélie se dirigea vers son bureau. Julien était assis le nez dans les papiers.

« Tu croyais que j'allais te laisser bosser seule ? » demanda-t-il sans la regarder. Aurélie esquissa un sourire. Elle était contente que son compagnon s'investisse dans cette enquête.

Elle s'assit à son bureau et y trouva une tasse de café fumant et un pain viennois aux pépites de chocolat, sa viennoiserie préférée. Cela représentait beaucoup pour Aurélie, bien plus qu'une banale petite attention, surtout après les derniers jours mouvementés qu'ils venaient de passer.

« Alors, pourquoi tu es partie comme une furie ? » la coupa dans ses pensées Julien.

– Suis-moi et laisse-moi faire. Ne fais rien, ne dit rien, murmura Aurélie à Julien. »

Ils entrèrent dans le bureau du lieutenant Bataz.

« Alors lieutenant Bataz, où en est ce rapport que je vous ai demandé ?

Je ne l'ai pas trouvé. Suivez-moi chez le patron. Je crois bien que vous allez retourner à la circulation avec un bâton blanc. Et ça, c'est dans le meilleur des cas.

– Je ne l'ai pas encore rédigé mais j'ai des conclusions. Elles ne sont que partielles parce que je viens d'être informé d'un nouveau meurtre similaire à ceux dont vous avez la charge : une étudiante, à Bordeaux, Elisabeth Michaux, vingt ans, violée et égorgée, retrouvée ce matin dans son appartement. Le décès est estimé vers cinq heures et demie du matin. Du fait de cette nouvelle affaire, j'ai eu tendance à mettre malheureusement l'examen des autres dossiers de côté. Vous voulez toujours que nous voyons le patron, capitaine Dubard ? »

Aurélie s'écroula sur un des fauteuils en skaï, vieux et inconfortable, du bureau de Bataz. Elle ne sentait plus ses jambes et se sentit défaillir. Elle s'évanouit dans le fauteuil.

Elle se réveilla quelques minutes plus tard un policier secouriste à ses côtés. Trop de fatigue et de surmenage avaient été la cause de cette perte de connaissance selon lui.

« Bon et ben voilà qu'elle retrouve ses esprits. Je pense qu'il faut prévenir Du Bock… commença le secouriste.

– Non ! Hors de question ! le coupa Aurélie. »

Elle se tourna vers Julien qui la dévisageait d'un regard noir.

« Il est hors de question qu'on prévienne qui que ce soit, articula-t-elle. Vous avez compris ? Tous compris ? répéta-t-elle en fixant le lieutenant Bataz. C'est un simple surmenage et je veux mener cette enquête à terme.

– Bon, cela sera comme vous voudrez, capitaine Dubard, répondit le policier secouriste. Mais par contre, je suis obligé de le noter sur le carnet de bord secouriste, c'est la règle, continua-t-il.

– Si personne d'autre ne met son nez dedans ok, enchaîna Aurélie. »

Elle continuait d'observer le lieutenant Bataz. Elle se doutait que dorénavant, il userait de cet évanouissement pour lui faire du chantage.

Le secouriste se leva alors et retourna vaquer à ses occupations.

« Pourriez-vous nous laisser seuls Mauve ? » demanda Aurélie.

Julien la regarda droit dans les yeux et s'en alla sans dire un mot.

« Lieutenant Bataz, sachez que si qui que ce soit apprend ce qu'il vient de se passer, j'en conclurai que la fuite provient de vous. Je me chargerai alors personnellement de vous et je vous promets de faire tout ce qui sera en mon pouvoir pour anéantir votre carrière professionnelle.

– Un baiser de vous et je me tairai, répondit il en l'embrassant du regard.

– Ouh, mais je vois que vous ajoutez le harcèlement sexuel en plus de votre incompétence. Eh oui, le compte rendu que je vous avais demandé n'est pas rédigé et en plus vous me harcelez. Il y a là de quoi vous lever de vos fonctions…

– Je capitule, lança avec sourire le lieutenant Bataz. »

C'est alors que le téléphone sonna. Bataz répondit :

« Lieutenant Bataz, j'écoute… Moui, c'était bien moi… Ah… Ah bon… D'accord, je vous remercie et félicitations, vous êtes d'une rapidité exemplaire. »

Aurélie se demandait à qui il pouvait cirer les chaussures comme cela.

« Meurtre de Bordeaux classé inspecteur Dubard, annonça avec fierté lieutenant Bataz.

– Ah bon ? s'étonna Aurélie.

– Oui, ils ont visionné la bande de vidéosurveillance du bâtiment et ont reconnu un récidiviste. Ils viennent d'effectuer l'interpellation.

Aurélie restait sans voix. « Une mort de moins à élucider » se rassura-t-elle. C'est alors que Julien tapa à la porte

« Je dérange peut être encore ? » questionna-t-il en regardant Aurélie, des éclairs dans les yeux

Que le lieutenant Bataz soit attiré par Aurélie l'énervait horriblement et il avait de plus en plus de mal à garder secrète sa relation avec elle. Il aurait préféré vivre sa relation au grand jour plutôt que de devoir supporter les avances de mauvais goût de ce lieutenant. Aurélie rejoignit son bureau, talonnée par Julien. Si seulement son enquête avançait aussi vite que celle du commissariat de Bordeaux, elle pourrait enfin se reposer et éviter ce qui lui était arrivé ce matin.

Plongée dans ses pensées, elle ne remarqua pas que Bataz venait d'entrer dans son bureau et de s'asseoir en face d'elle.

« Qu'est-ce qu'on fait maintenant ? demanda-t-il.

– Où est le putain de dossier que je vous ai demandé, Bataz ? tonna Aurélie. »

Julien voulut dire quelque chose mais elle ne lui en laissa pas le temps.

« Et où en êtes vous avec le couple du métro ? »

Bataz se leva et sortit du bureau sans plus attendre.

« Aurélie, dit Julien en s'approchant de son bureau.

– Bataz commence à me sortir par les trous. Il n'est pas capable de faire ce qu'on lui demande et en plus, il me harcèle. Tous ces meurtres commencent à me stresser sérieusement.

– C'est le moins qu'on puisse dire.

– Cette nuit, il ne semble pas y avoir eu de meurtre de notre tueur du fait que le meurtre de Bordeaux ait été résolu… »

Elle s'arrêta et le regarda.

« Il n'y a pas eu de meurtre ?

— Pas que je sache, non, répondit Julien.

— Bien, on va poster des agents dans le métro, notre couple utilise le métro on va bien finir par les coincer à un moment ou à un autre. A moins que Bataz fasse ce que je lui ai demandé et qu'il les trouve avant ce soir.

— Je crois qu'on va encore avoir une longue journée, dit-il en rejoignant sa place. Et dire qu'on devrait être couché à faire la grasse matinée à l'heure qu'il est.

— Dubard, dans mon bureau, cria le commissaire en rentrant dans celui où elle se trouvait. »

Aurélie se leva en soupirant : « Que me veut-il, cette fois ? »

Elle frappa à la porte vitrée et entra. Le commissaire était assis, un dossier à la main.

« Je viens d'être prévenu que le meurtre de Lyon a été élucidé. Il s'agit de l'individu qui a été appréhendé à Bordeaux. Même modus operendi. Le profileur Boucheron est formel. Je vous rappelle que vous avez deux meurtres sur les bras, ici, à Paris. Celui d'Elisa Monnet et celui d'Emilie Pires. Les journalistes commencent à être pressants! D'après Boucheron, il faut chercher le lien entre elles, si tant est qu'il y ait un lien… Au boulot, cela ne se fera pas tout seul ! »

Aurélie, une fois seule dans son bureau, s'accorda une petite pause pour réfléchir et faire quelques mouvements de relaxation. Ses épaules et son cou lui faisaient mal, trop de stress. La tension nerveuse était trop forte.

Elle poussa un soupir et appela les lieutenants Bataz et Mauve.

« Bataz, je vous charge du lycée Jeanne d'Arc. Allez trouver le proviseur. Pires était-elle le prof d'Elisa ? Renseignez-vous auprès de l'infirmière, la gamine pourrait lui avoir fait des confidences. Voyez ses camarades de classe ; savent-ils quelque chose ? Au trot ! Mauve, vous allez faire des recherches sur Pires, le père d'Emilie. Est-il réellement encore en prison ? Sinon où habite-t-il ? A-t-il revu sa femme, la grande Zaza ? Non, mais quel nom ! Quels parents, la pauvre fille… A-t-il essayé de retrouver sa fille ? Débrouillez-vous… »

Aurélie, une fois seule, prit une grave décision. Il lui fallait chercher dans son passé, ses cauchemars récurrents étaient un signe, elle en était persuadée… Il était temps de reprendre contact avec sa mère… Ce n'était pas qu'elles étaient fâchées, mais Aurélie avait tant souffert, elle avait essayé de s'éloigner et n'avait plus guère de contacts. En entrant dans la police, c'était une façon de se venger et en même temps de se rendre utile.

Elle prit son portable et composa le numéro de sa mère.

« Allo ?

– Maman, c'est moi.

– Oh, ma chérie, quel bonheur de t'entendre! Tu vas bien au moins ?

– Oui maman, mais je voudrais te parler.

– Si je peux faire quelque chose, n'hésite pas.

– Justement, je voudrais revoir le médecin qui s'est occupé de moi, tu sais ? Veux-tu me prendre un rendez-vous ? Et veux-tu m'accompagner ?

– Mais bien sûr, ma chérie, je suis si contente que tu te décide enfin ! Et je t'accompagnerais, c'est promis. Je m'occupe de tout. Je t'embrasse fort, mon cœur.

– Merci, Maman, et excuse-moi, je ne te téléphone pas souvent, mais je pense à toi. Bisous. »

Aurélie raccrocha et soupira.

Après le passage sombre de sa vie, elle avait eu une amnésie, ne se souvenant plus de rien par rapport à ses viols. Le médecin qui l'avait suivie, lui proposait de l'hypnotiser, afin qu'elle puisse enfin faire resurgir ce que son inconscient avait enfoui au plus profond de son âme, et peut-être « guérir ». Elle avait toujours refusé, mais ses cauchemars récurrents l'inquiétaient… Il fallait après toutes ces années, se soigner enfin et se rappeler de ce qui s'ait réellement passé…

C'était une épreuve, mais elle était prête maintenant. Ses souvenirs s'arrêtaient au moment où elle avait entendu des pas derrière elle et une main se poser sur son épaule… Et ensuite plus rien, mis à part qu'elle savait qu'elle avait été violée.

Pendant ce temps, au Quai des Orfèvres, Charles Bataz s'apprêtait à partir au lycée Jeanne d'Arc lorsque le téléphone sonna.

« Lieutenant Bataz, j'écoute !

– Lieutenant Bataz, bonjour, Antoine Boucheron. J'aurais besoin de m'entretenir avec vous concernant le dossier Pires-Monnet. Quand seriez-vous disponible ? »

Le capitaine proposa un rendez vous dans la foulée. A vrai dire, il était très flatté que le profiler le contacte lui personnellement plutôt que son coéquipier ou sa supérieure. Il n'allait surtout pas laisser filer une telle occasion ! L'entretien fut prévu deux heures après, cela lui laissait donc le temps d'aller jusqu'au lycée et de mener sa petite enquête. A cette heure-ci de la journée, Paris n'était pas encore la proie de ses nombreux embouteillages et logiquement, il devrait pouvoir arriver en temps et en heure.

Dans le bureau voisin, Julien s'affairait à ses recherches sur Pires père. Il consulta le dossier :

« Francis Pires, né le 28 mai mille neuf cent quarante-neuf à Etampes en Essonne. Condamné à purger une peine de détention criminelle de vingt-cinq ans pour inceste sur mineur de moins de quinze ans, deux enfants présumés ». Puis il vit, ajouté depuis peu « Sorti d'écrou le quinze mars deux mille neuf », soit le lendemain du premier meurtre.

Il passa quelques coups de fil et réussit à obtenir l'adresse de ce monsieur Pires. Il était pour le moment logé par une association de réinsertion pour les détenus ayant purgé de longues peines. Il décida de s'y rendre mais pas tout seul. « On est jamais trop prudent » pensa-t-il. Il demanda à l'un de ses coéquipiers, plutôt impressionnant physiquement, de l'accompagner, après avoir obtenu l'accord du commissaire. Ils s'engouffrèrent alors dans une voiture banalisée direction le quartier de Belleville, rue Ramponneau.

Bataz se rendit au lycée et trouva le proviseur confortablement installé dans son fauteuil de cuir. Il lui expliqua les raisons de sa visite et le proviseur répondit de bonne grâce à toutes ses questions. Non, il n'avait jamais entendu parler de ce qui était arrivé à Elisa et il était d'accord pour que Bataz interroge l'infirmière et les camarades de classe d'Elisa pour glaner des informations. Enfin, il lui confirma qu'Emilie lui faisait bien cours. L'entretien terminé, Charles fila jusqu'à l'infirmerie. Il y trouva une femme aux cheveux grisonnants visiblement en fin de carrière. Il se présenta et exposa à l'infirmière l'objet de son intrusion. Elle aussi répondit courtoisement aux questions de Bataz : non, Elisa ne lui avait jamais confié quoi que ce soit. Elle avait bien remarqué un changement dans l'attitude de la jeune fille mais elle avait mis ça sur le compte de la crise de l'adolescence. Quant aux camarades de classe, eux non plus ne savaient pas grand chose mis à part ce qu'Elisa voulait bien leur raconter : des trucs de filles sans intérêt. Comme il n'avait plus rien à faire dans l'établissement, il rentra au Quai des Orfèvres.

Pendant ce temps, Julien arrivait avec son collègue, surnommé Musclor, au foyer de la rue Ramponneau. Ils descendirent de voiture et pénétrèrent dans le bâtiment qui ressemblait plus ou moins à une sorte d'hôtel. Julien se présenta et sortit sa plaque. Il demanda à la réception dans quelle chambre logeait le dénommé Pires. Le réceptionniste, sans doute impressionné par Musclor, répondit précipitamment : « Chambre vingt-quatre ! ».

Julien frappa à la porte mais personne ne se manifesta. Il ordonna alors au réceptionniste d'ouvrir la porte de la chambre. Celle-ci était quelque peu désordonnée. Des affaires personnelles étaient bien là mais pas Pires. Musclor fit mine de s'énerver. Julien n'intervint pas. Le réceptionniste, blanc comme un mort tellement la peur lui retournait les tripes, bafouilla qu'il s'était sûrement rendu à l'ANPE pour chercher du boulot mais que si le lieutenant Mauve daignait lui laisser sa carte, il le préviendrait sur le champ du retour de Pires, ce que fit Julien avant de tourner les talons avec Musclor et de sortir de ce semblant d'hôtellerie. Quand ils eurent rejoint leur véhicule, ils se regardèrent et ne purent plus contenir un immense éclat de rire.

Aurélie, elle, attendait les résultats des enquêtes de ses subordonnés. Elle espérait également un coup de téléphone de sa mère pour lui annoncer l'heure du rendez-vous avec le médecin. Elle se préparait mentalement à l'hypnose qui ferait remonter en elle les tristes souvenirs qu'elle refoulait depuis si longtemps.

Bataz et Mauve arrivèrent simultanément dans le bureau d'Aurélie.
« Alors ? Quelles données me rapportez-vous ?
– Du côté du lycée, le directeur et l'infirmière n'ont rien rapporté de particulier. De même pour les camarades de classe d'Elisa. Les collègues d'Emilie étaient en cours, je n'ai donc pas pu les interroger. Je vais envoyer un mail au proviseur pour essayer d'organiser une rencontre globale avec les collègues d'Emilie.

– Bien, dit Aurélie. Rien de nouveau mais vous progressez, Bataz. Et vous, Mauve ?

– Bah je me suis pointé au foyer de la rue Ramponneau avec Musclor, mais la chambre de Pires était vide de tout occupant. J'ai demandé au concierge de m'informer de son retour. »

A ce moment-là, le téléphone de Mauve bipa.

« Lieutenant Mauve à l'appareil.

– Bonjour, c'est le foyer de la rue Ramponneau. Monsieur Pires vient de rentrer de l'ANPE.

– Très bien. Retenez-le jusqu'à notre arrivée. Ne le laissez en aucun cas partir. Nous arrivons, dit-il avant de raccrocher. Pires vient de rentrer au Foyer.

– Ok, on décolle. Bataz, Mauve, vous m'accompagnez, ordonna Aurélie. »

Durant le trajet, un silence pesant s'installa.

Julien n'aimait pas être en compagnie de Bataz qui essayait de flirter avec son Aurélie. Bien sûr, il avait confiance en elle, mais ça l'agaçait. Bataz savait bien qu'il y avait quelque chose entre eux, alors pourquoi le cacher en sa présence ?

Bataz, lui, aurait préféré que Mauve ne soit pas là pour essayer de marquer des points avec sa supérieure, autant sur le plan professionnel, que sur un plan plus personnel. Cette situation « à trois » ne l'arrangeait donc pas.

Aurélie ne cessait quant à elle de penser à son rendez-vous en fin de journée avec sa mère et son ancien médecin, confirmé par sa mère par texto juste avant qu'ils ne pénètrent dans la voiture. Elle redoutait ce moment, mais en même temps, il le fallait…

Ils arrivèrent au foyer, entrèrent dans le bâtiment, saluèrent de la tête le réceptionniste sans un mot et allèrent directement frapper à la porte de Pires.

« Bonjour monsieur, nous sommes de la police criminelle. Nous enquêtons sur le meurtre de votre fille. Vous n'êtes sorti que le lendemain de sa mort, mais savez-vous quelque chose qui pourrait nous aider ? Avez-vous revu sa mère depuis ?

– Euh… Ben non, je n'ai pas revu cette folle. Après, ma fille… Ben vu ce qu'elle m'a fait, là où elle m'a envoyé, ça lui a fait les pieds de finir comme ça ! grommela-t-il. »

Aurélie n'en revenait pas. Il considérait que la coupable de la situation était sa fille, que c'était à cause d'elle qu'il avait été envoyé en prison ! Il ne se remettait même pas en question ! C'était lui la victime ! Quel monstre ! Mais elle garda son calme.

« D'accord. Avec qui avez-vous eu contact depuis votre sortie ? Qui vous avait mis au courant de sa mort, car vous le saviez non ?

– Oui. Mais c'est à ma sortie qu'on me l'a dit. Pas un flic, un mec comme ça, qui m'attendait à la sortie. Il m'a dit qu'Emilie était morte égorgée et m'a demandé si j'étais content ? J'ai dit que je m'en foutais. Je l'ai trouvé bizarre, je le connaissais même pas ce gars.

– Vous ne le connaissiez pas ! dit Aurélie. Et après ce qu'il vous a dit, vous ne l'avez pas questionné ?

– Ben non, pourquoi je lui en aurai posé des questions ? Il m'a rendu service après tout ce gars si c'est lui qui l'a tuée, répondit-il avec un sourire en coin tout en fixant Aurélie. »

Celle-ci frissonna car le regard de Pires était froid, calculateur, totalement à l'opposé de son sourire.

« Alors décrivez-le nous ce gars, grinça Julien.

– Et pourquoi je le ferais ? grogna-t-il. Je travaille pas avec les flics moi ! Vous m'en avez assez fait voir ainsi et j'ai plus rien à vous dire.

– Très bien, dit Aurélie. Vous nous accompagnez au commissariat. Vous êtes en conditionnelle n'est-ce pas ? Avez-vous déjà vu votre agent de probation ?

– Oui, ce matin, et vous pouvez m'embarquer, je ne vous en dirai pas plus.

– Très bien, allez suivez-nous. Mauve passez-lui les menottes.

– C'est de l'abus de pouvoir, cria Pires.

– C'est cela même. Je prendrai votre plainte, rétorqua Mauve. »

Le retour au commissariat se passa dans un silence pesant. Aurélie, plongée dans ses pensées, se demandait si elle aurait le courage d'aller jusqu'au bout du voyage dans le passé. Même avec sa mère à ses côtés.

Une fois installés dans le bureau de l'inspectrice, Musclor, de son vrai nom Amaury Duval, tenta d'intimider ce nouvel arrivant, en vain. Pires, un homme grand, cheveux poivre et sel, costaud, au regard froid et perçant, ne se laissa pas du tout impressionner par ce grand escogriffe d'un mètre quatre-vingt quinze, et presqu'aussi large que haut.

Bataz intervint alors en expliquant que s'il refusait de coopérer, ils avaient le pouvoir de le ramener là où il venait de passer les vingt-cinq dernières années.

Pires sembla réfléchir quelques instants et rétorqua :

« Que voulez vous que je vous dise ? De toute façon, je ne le connais pas cet homme là. Emilie est morte, basta, fin de l'histoire ! »

Les enquêteurs bouillonnaient, il fallait impérativement qu'ils arrivent à obtenir la description de cet homme mystérieux.

Aurélie prit la photo du couple du métro et la lui balança à la figure :

« C'est lui votre bon samaritain qui vous a rendu service ? »

Charles, Amaury et Julien la regardèrent avec des yeux écarquillés ; Aurélie ne perdait que rarement son sang froid. Cet homme était certes un de la pire espèce, mais il était en prison lors du meurtre de sa fille et ne pouvait donc pas être le coupable.

Pires la regarda de ses yeux perçants avec un rictus. Il savait ce qu'elle avait dans le cœur, il connaissait cette attitude pour l'avoir bien analysée durant de nombreuses années. Il répondit d'un air détaché tout en ne quittant pas Aurélie du regard :

« Ca se peut bien, mais peut-être pas. Les indics sont protégés non ? Tout se négocie mademoiselle… Mademoiselle ?

– Pour vous ce sera inspecteur tout court, espèce de… »

Pires jubilait en son for intérieur. Il n'avait pas perdu la main, il avait réussi à la pousser dans ses derniers retranchements.

Amaury intervint, sentant que la situation allait dégénérer. C'est alors que Du Bock entra dans le bureau et lança : « Dubard, sortez un instant.»

Elle suivit son supérieur en dehors du bureau. Celui-ci lui annonça que le couple qu'elle cherchait avait été repéré dans le métro. Du Bock lui conseilla de les faire suivre uniquement pour l'instant pour découvrir où ils vivaient et ainsi pouvoir connaître leur identité, et ensuite les faire venir au poste.

Aurélie alla se chercher un café avant de retourner dans son bureau continuer d'interroger Pires. Avant d'ouvrir la porte, elle reçut un appel sur son portable professionnel :

« Bonjour, c'est Nicolas Vosges. J'ai essayé de vous appeler déjà mais votre portable était éteint, je n'ai pas osé laisser de message. Je voulais savoir comment avançait l'enquête ?

– Tout dépend de ce qu'on entend par avancer… rétorqua-t-elle un peu irritée.

– Eh bien, avez-vous une piste, un témoin, un coupable quelque chose de concret en quelque sorte ? »

Aurélie trouvait le ton de sa voix un peu tendu mais comprenait sa démarche. Pourtant, ce n'était ni le moment, ni l'endroit, mais elle prit quelques secondes pour lui répondre : « Ecoutez, Monsieur Vosges, je comprends que cela vous tienne à cœur, mais l'enquête est en cours et je ne peux malheureusement rien vous dire d'autre pour l'instant. Soyez sûr que je vous tiendrai informé dès que nous aurons un coupable. Je vous rappellerai plus tard de toute façon. Excusez-moi mais là j'ai du travail. »

Nicolas voulut en savoir plus mais Aurélie avait déjà raccroché. Elle était rapidement retournée dans le bureau où l'attendaient ses trois coéquipiers ainsi que ce fumier de Pires dont elle maudissait l'espèce. Elle eut un flash, revoyant le regard cynique et comme aliéné comme ce qui l'avait salie presque vingt ans en arrière. Elle s'évanouit sur sa chaise, sous les yeux des quatre hommes qui l'entouraient.

Une équipe de trois hommes de la BAC en civile s'affairait à suivre le couple dans le métro. Ils descendirent à la station Porte de Champerret et se dirigèrent vers la porte Maillot à pied. L'homme était plutôt jeune, vingt-cinq à trente ans au plus, assez grand et mince, plutôt élégamment vêtu. A ses côtés, une femme, petite, brune aux cheveux longs, qui semblait porter des vêtements trop grands pour elle. Ils s'engouffrèrent dans une petite rue et entrèrent dans un immeuble de type haussmannien.

Un des hommes de la BAC entra derrière eux et prit l'escalier afin de voir à quel étage s'arrêtait l'ascenseur. Ils avaient l'air de vivre ici car ils pénétrèrent dans un appartement du septième étage dont ils avaient la clé.

Pendant ce temps, alors que Mauve et Duval s'affairaient autour d'Aurélie, Bataz s'éclipsa discrètement en prétextant aller chercher de quoi manger. Il s'engouffra dans son bureau où Antoine Boucheron l'attendait.

« Désolé de mon retard, j'étais retenu ailleurs.

– Aucun problème, répondit le profiler. J'étais moi-même en retard, j'habite vers la Porte de Champerret et il y avait des embouteillages. Alors par quoi commençons-nous ? »

Aurélie sortit des limbes quelques minutes après sa syncope et regarda tout le monde d'un air étonné :

« Ben qu'est-ce qui vous arrive ? Pourquoi vous me regardez comme ça ?

– Tu ne te souviens pas ? demanda Julien.

– Me souvenir de quoi ? Vous allez parler à la fin !

– Tu as perdu connaissance et tu nous as fichu une belle trouille ! »

Tout revint d'un bloc dans sa mémoire. Ce Pires lui donnait envie de gerber mais elle tenait absolument poursuivre l'interrogatoire. Et pour que ses collègues ne s'inquiètent pas de cet incident, elle prétexta un peu de fatigue à nouveau.

« Reprenons » dit-elle en se maîtrisant cette fois-ci. « Reconnaissez-vous oui ou non cet homme ? » demanda-t-elle en lui brandissant la photo de l'homme du métro sous le nez de Pires.

Celui-ci était maintenant dérouté par la capacité de récupération rapide de son interlocutrice, mais il ne voulait toujours rien dire.

« Bien » dit Aurélie. « Monsieur joue les fortes têtes on dirait. Foutez-moi ça au frigo, ça lui rafraîchira sans doute la mémoire. Amaury ! Veux-tu bien emmener monsieur dans ses nouveaux quartiers ? Et tiens-lui compagnie ! »

Musclor s'empara de Pires et le souleva comme une plume. Elle ne doutait point que sa compagnie aurait tôt fait de délier la langue de Pires.

Au même moment, Boucheron discutait avec le jeune et inexpérimenté Bataz, de l'avancement de l'enquête et de tous ses détails.

Le prétentieux Bataz jubilait intérieurement de recevoir du consultant son avis sur le profil de l'assassin.

Boucheron le remercia et s'en alla rassuré, tandis que le naïf Bataz se voyait déjà avec de l'avancement pour avoir collaboré avec le meilleur profiler français. Il réintégra le bureau d'Aurélie satisfait, après avoir été chercher des sandwichs rapidement.

Les hommes de la BAC, eux, revenaient au commissariat avec le nom et l'adresse des deux individus suspects. Ils pénétrèrent dans le bureau d'Aurélie et lui firent leur rapport :

« Les suspects habitent rue du château, numéro treize, à Neuilly, à proximité de la Porte de Champerret, au septième étage. L'appartement est au nom de Boucheron Paul et de Martin Sylvie.

– Au fait c'est quoi le prénom de notre profiler ? C'est pas Paul par hasard ? demanda Aurélie.

– Non, inspecteur. C'est Antoine je crois, répondit Bataz.

– D'accord, dit Aurélie avec un soupir de soulagement. Je sais que Boucheron est un nom assez courant, mais il se trouve que notre profiler est domicilié dans le même quartier et porte le même nom de famille. Vous ferez quand même une enquête pour savoir s'il y a un lien entre nos deux Boucheron. Et vous pourriez surtout me faire une petite enquête de routine sur ces Boucheron et Martin, messieurs ? Si je pouvais en avoir les résultats rapidement ce serait bien. Merci. »

Les inspecteurs de filature sortirent.

« Que vont-ils me ramener ces trois mousquetaires ? » se demanda Aurélie. « C'est bizarre que cette enquête tourne sur un cercle très étroit de personnages. Enfin, on verra ça plus tard. Il y a un interrogatoire à terminer. »

Elle sortit de son bureau, emmenant Bataz et Mauve avec elle pour poursuivre l'interrogatoire de Pires. Celui-ci était dans une pièce blanche éclairée par une lumière rouge à la source invisible, qui lui donnait l'impression d'être dans un monde à l'envers : une chaise était fixée au plafond, ainsi qu'une table et un lit. La porte avait son chambranle fixé à l'envers et pas de poignée intérieure. Aucun moyen de communication n'existait de manière visible. Quand Aurélie, Bataz et Mauve apparurent dans la pièce, il sembla à Pires qu'ils entraient la tête en bas et que lui était assis sur une chaise au plafond.

« Est-il nécessaire que je vous remontre cette photo ou avez-vous quelque chose à me dire ? » demanda Aurélie en s'asseyant sur une chaise branlante en face de lui.

Pires détourna les yeux.

« Un grand décorateur l'a fait expressément pour le Quai des Orfèvres. Il avait un nom russe imprononçable, mais tout le monde se souvient de lui pour le nombre de meurtre qu'il a commis dans Paris. Le plus drôle, c'est que jamais personne n'a pu prouver que c'était lui qui les avait commis. Pour la simple et bonne raison qu'il s'est suicidé. On l'a retrouvé dans cette même cellule, mort. Et devinez ce qu'on a découvert en ouvrant la porte ? La chaise, le lit et la table collés au plafond. Personne ne sait comment il a fait ça » dit-elle en levant les bras et en les laissant retomber le long de son corps. « On a juste trouvé qu'il n'avait pas fini le travail et on a mis la porte à l'envers. On n'allait quand même pas lui laisser faire tout le travail. »

Pires continuait à détourner son regard de Dubard qui marchait maintenant autour de lui.

« Nous allons vous laisser, Monsieur Pires. Dans quelques heures, vous aurez sans doute envie de parler » dit-elle en faisant signe de la tête à ses coéquipiers de sortir.

La main sur la poignée de la porte prête à la refermer, elle ajouta :

« Il paraît que ce pauvre hante encore les lieux. Si vous le voyez n'oubliez pas de lui passer le bonjour de notre part. »

Dubard ferma la porte derrière elle, tourna la clé et s'éloigna vers le mur opposé à la cellule pour rejoindre ses coéquipiers qui s'étaient déjà adossés au mur. Ils entendirent une voix étouffée par la porte. Puis des mots qu'ils eurent du mal à distinguer. « Ca va, je vais vous dire ce que je sais » dit Pires de la cellule.

Bataz tourna la clé. Il fit signe de la main à Aurélie d'entrer.

Aurélie se rassit sur la chaise installée en face de Pires. Celui-ci baissa la tête et se mit à parler d'une voix à peine audible. Pour lui, l'homme qui l'avait approché n'était pas celui de la photo. Pires dans un premier temps n'avait pas vraiment saisi ce que l'homme lui disait. Il croyait à une blague d'un ancien détenu qui comme lui avait été jugé pour viol. L'homme s'était éloigné et c'est à cet instant qu'il avait compris que sa fille était réellement morte. Après tout, il valait peut-être mieux qu'il en soit ainsi. Comment auraient-ils réagi si un jour ils s'étaient croisés dans la rue par hasard ? Pendant toutes ces années de prison, il n'avait jamais eu de ses nouvelles et il n'avait jamais essayé d'en avoir. C'était beaucoup mieux ainsi. Eviter de penser au passé. Pires c'était mis à sangloter. « Sans doute pour m'attendrir » pensa Aurélie.

« Vous êtes bien sûr qu'il ne s'agit pas du même homme ? demanda Amaury en mettant sa main sur son épaule et en tendant la photo.

– Je ne pense pas, mais bon je ne peux pas le certifier… Votre photographie n'est pas très nette. Il y a certainement en tout cas un air, quelque chose, je ne sais pas, dit-il. »

Aurélie donna quelques instructions au gardien en sortant :

« Transférez-le dans une cellule normale. On va le faire mariner encore quelques temps. Je crois que monsieur Pires ne nous a pas encore tout dit. Nous ne tarderons pas à vous contacter. »

En remontant de la « Cave à fromages », Aurélie, Bataz et Mauve se rendirent dans le bureau de cette première. Aurélie appela les « Trois Mousquetaires » :

« Ca donne quoi cette enquête sur Boucheron ?

– Ca avance et il se pourrait qu'on soit tombé sur un filon intéressant, lui dit le plus jeune des trois au téléphone.

– Au rapport, inspecteur Zoran. »

Cinq minutes plus tard, l'inspecteur Ahmed Zoran se présenta dans le bureau d'Aurélie. C'était un jeune officier d'origine maghrébine, né en France, qui avait été major de sa promotion au concours d'officier. Il travaillait depuis trois ans au Quai des Orfèvres dans l'ombre, mais son efficacité, notamment en recherches informatiques, était reconnue de tous et très appréciée d'Aurélie.

Il fit son rapport :

« Bon alors, concernant la femme, Sylvie Martin, elle a quarante-deux ans. Elle est domiciliée sur Paris depuis très peu de temps, environ trois mois. Ses parents sont morts quand elle était encore bébé, elle a été élevée dans divers foyers. Elle a déjà été arrêtée, il y a une dizaine d'années, pour actes de barbarie sur les animaux domestiques de ses voisins. Apparemment, elle les torturait, les laissait se vider de leur sang et ensuite les prenait dans ses bras et leur parlait. Elle a été condamnée mais que du sursis plus une belle amende.

– Hé ben, un sacré personnage ! dit Aurélie, avec un peu de dégoût. Je ne comprends pas qu'avec ça elle n'ait pas été hospitalisée… Et l'homme ? Boucheron ?

– Alors lui, Paul Boucheron, il a vingt-cinq ans. Il n'a pas fait de prison ni n'a été condamné, mais par contre, il a été interné en hôpital psychiatrique pendant plusieurs mois et plusieurs fois de suite. Mais je ne peux savoir pourquoi, secret médical oblige. Par contre, j'ai trouvé des plaintes à son sujet, peut-être que ce sont elles qui ont entraîné son hospitalisation. Lui aussi a torturé le chien de ses voisins, mais également une petite fille qui a été sauvée de justesse apparemment. Enfin bon, ils vont bien ensemble ces deux là !

– C'est certain ! Il n'a pas été condamné pour la fillette ? Qu'est-ce qu'il lui a fait ? demanda Aurélie.

– Non, pas de condamnation car évidemment il a été considéré comme irresponsable, malade. En fait, il a été interné pendant un mois pour l'affaire du chien, puis deux ans pour la fillette. Il est ressorti car considéré comme capable de se soigner seul s'il prend régulièrement certains cachets…

– Super ! S'il est impliqué, on pourra dire merci à nos belles institutions… Au fait, ajouta Aurélie, tu sais s'il y a pour finir un lien de parenté entre Paul Boucheron et Antoine Boucheron, le profiler qui est sur l'enquête ?

– J'ai pas encore regardé. Mais avec l'Etat-Civil, ça devrait pas être trop difficile. Je peux t'emprunter ton ordi ? Comme ça, on aura les résultats ensemble…

– Ok. Fais comme chez toi mon grand. »

Il fallait dire qu'Ahmed dépassait Aurélie de presque deux têtes. Elle pouvait donc, à tout point de vue, se permettre cette familiarité.

Ahmed Zoran s'installa sur le siège d'Aurélie et pianota pour joindre le site de l'Etat-Civil via internet.

– Alors… Boucheron, Paul, André, Antoine, né le vingt-cinq janvier mille neuf cent quatre vingt-quatre à Palaiseau, en Essonne. Fils d'Antoine, Louis, Ernest Boucheron, fonctionnaire de police et d'Eliza Piaget, danseuse de cabaret.

– Le monde est très petit, dit Julien, car cette Eliza, c'est la Grande Zaza...

– Eh bien, comme tu dis… Je crois qu'on a identifié notre homme pour de bon pour cette fois. Maintenant reste à le cueillir.

– Sinon, Sylvie, Eliza, Sally Martin, née le cinq avril mille neuf cent soixante-dix-sept à Paris de Marie Porta, pharmacienne et Habib Smida, médecin. Tous deux sont décédés en mille neuf cent quatre-vingt quatre dans un accident de voiture. »

Le téléphone du bureau d'Aurélie se mit à sonner alors qu'elle se demandait si ces deux personnages étaient ensemble malgré la différence d'âge. Elle décrocha. Le légiste lui demandait de bien vouloir passer à son bureau. Suivie de Mauve et Bataz, elle le rejoignit rapidement. Il lui montra une série de photographies. Il s'agissait de gros plan des cous des deux victimes, Emilie et Elisa.

« J'ai relevé de la salive sur les plaies. En fait, au départ, je n'y ai pas fait attention. Mais le sang avait séché bizarrement. Le sang coagule rapidement même après la mort. Il ne met pas longtemps à sécher. La plaie était nette, un ou une expert de la découpe. Mais pourtant le sang s'arrête exactement à la plaie. Comme si quelqu'un l'avait essuyé derrière lui ou… léché !

– Léché ? répétèrent Dubard, Mauve et Bataz en même temps.

– Oui, comme quand on lèche l'opercule d'un pot de yaourt. Pareil. J'ai déjà eu des cadavres de ce genre, pas souvent mais ça m'est arrivé. Regardez ! »

L'homme sortit de nouvelles photos et les leur montra. Il s'agissait de femmes, d'âges différents, ayant la gorge tranchée et des plaies bien nettes. Il sortit deux autres photos, un homme et une femme, la gorge tranchée et cette fois le sang s'était échappé de la plaie sur plusieurs centimètres.

« On dirait que la personne qui a tué vos deux femmes boit le sang de ses victimes en même temps que la vie les quitte. Votre meurtrier est certainement atteint du syndrome de Renfield.

– De quoi ? dirent encore les trois policiers en même temps.

– Le syndrome de Renfield qui pousse un individu à boire du sang humain. La personne passe par plusieurs stades. »

Aurélie eu un mouvement de dégoût, mais il continua : « Alors attention, âme sensible s'abstenir. Le premier stade consiste à la découverte du sang. Qui, en étant enfant, n'a pas léché son sang ? continua-t-il en les regardant. Mais certains, et heureusement une extrême minorité, se délecte en léchant ce sang. Cela est même excitant pour eux. Ce plaisir peut dévier en auto-vampirisme qui consiste à boire son propre sang et c'est là que l'individu passe au second stade. »

Bataz devenait livide.

« Le troisième stade est la zoophagie, et là, comme vous pouvez le comprendre, il s'attaque à l'animal. Le dernier stade correspond au vampirisme… »

Il reprit son souffle un instant.

« Ce qui est le cas pour votre individu… Et là, la personne est capable du pire : voler du sang humain dans les hôpitaux, voire tuer des gens, ce qui peut le mener au meurtre en série. »

Aucun des trois policiers n'en croyait ses oreilles.

« In… croy… able » articula Aurélie.

– Petite précision, ajouta le légiste. Les deux victimes étaient du même groupe sanguin. Un groupe rare : l'AB négatif.

– Ca c'est curieux, dit Aurélie. Le meurtrier pourrait-il choisir ses victimes de façon à ce qu'elles aient le même groupe sanguin ?

– C'est possible vu son syndrome, il s'attaquerait d'abord à des proches ou à des personnes de même groupe sanguin. Mais j'ai cherché, aucune des victimes n'est fichée comme donneur de sang ou d'organes. Donc soit il y avait un lien filial entre le meurtrier et ses victimes, soit il a trouvé un autre moyen de sélection. Ca peut être aussi le fruit du hasard.

– Pouvez-vous me dire si c'est un homme ou une femme ? Sa taille et son poids approximatif à partir de l'empreinte de ses dents, s'il y en a sur les victimes ?

– Le sexe normalement oui, en plus là les traces sont plus salivaires que dentaires. Au fait, notre meurtrier à un piercing lingual. Ca se voit dans les traces de salive qu'il a laissées sur les victimes.

– Vous pourriez nous donner un type du meurtrier sous combien de temps ?

– Je ne sais pas encore. Ca dépendra de la difficulté des analyses. J'essaierai de mettre ça sur votre bureau ce soir.

– D'accord dit Aurélie. Bon, dit-elle en quittant le labo, suivie de Bataz et Mauve, on dirait que l'étau se resserre, mais bon, on n'est pas encore certains de l'identité du tueur. »

Mauve et Bataz la regardèrent attendant la suite. Aurélie leur dit :

« Pourquoi Zaza ne m'a pas parlé de son remariage et de son fils ? Il est vrai que je la questionnais sur Emilie, mais…

– Allons la trouver et la faire parler de son fiston, dit Julien.

– Elle doit savoir que son fils a été interné, ajouta Bataz

– Bien, dit Aurélie. Mauve, nous allons chez Zaza. S'il y a du neuf, vous me prévenez de suite. »

Aurélie et julien se rendirent en vitesse vers le domicile de Zaza. Une fois arrivés, Julien tapa du poing sur la porte avec vigueur, trépignant d'impatience. Zaza ouvrit la porte en rouspétant, mais se tut en les voyant. Ils entrèrent rapidement sans lui laisser le temps de dire quoi que ce soit.

« Madame, nous voulons vous poser quelques questions au sujet de votre fils » lui dit Aurélie la regardant fixement.

Zaza baissa les yeux et demanda :

« Pourquoi vous intéressez-vous à lui ?

– Quel genre d'enfant était-il ? Et pourquoi exactement a-t-il été interné ?

– Mais il n'a rien à voir avec votre enquête! Que lui voulez-vous ? s'écria-t-elle.

– Répondez à mes questions ! Je ne vous lâcherai pas, prévint Aurélie.

– Il a une maladie, mais maintenant il prend ses médicaments et a un comportement normal.

– Quel genre de maladie ?

– Un syndrome de je sais plus qui, mais il est suivi et tout va bien, insista-t-elle.

– Quel syndrome ? Vous le savez et allez nous le dire.

– Syndrome de Renfield, murmura-t-elle.

– Et à quel stade était-il lors de son dernier internement ?

– Le dernier, répondit-elle les larmes aux yeux.

– Et votre mari, que fait-il comme métier ? demanda Mauve. »

La Grande Zaza éclata de rire. Aurélie et Julien se regardèrent interloqués.

« Je ne vois pas le pourquoi de votre rire, sauf si il est clown ! s'exclama Julien.

– Excusez-moi, dit-elle, mais d'abord c'est mon ex-mari. Il est psychologue et sa spécialité ce sont les affaires criminelles ! »

Et elle se remit à rire.

« Seigneur ! » dit aurélie en se levant et regardant Mauve perplexe, croyant encore à une plaisanterie. « Vite Aurélie, il faut agir au plus vite. »

Aurélie prit son téléphone et composa le numéro de Boucheron. Elle lui annonça qu'un nouveau meurtre avait eu lieu et qu'il devait venir au plus vite au Quai des Orfèvres. Mauve la regarda surprise, mais elle lui expliqua son plan d'action. Elle composa un autre numéro sur son téléphone, donna des ordres et raccrocha.

Ils arrivèrent au pas de course à leur bureau. Boucheron les attendait déjà. Aurélie ne prit pas la peine de s'asseoir.

« Parlez nous de votre fils » dit-elle.

Boucheron eut un mouvement de recul.

« Votre femme a parlé. Pardon, votre ex-femme. Monsieur Boucheron, vous feriez mieux de collaborer avec nous. Vous savez comment ça se passe dans le cas contraire.

— Paul est atteint du syndrome de Renfield. Il a été interné à Sainte-Anne, mais il y a quelques mois, il est sortit. Il avait des médicaments. Et je pense qu'il a bien suivi le traitement car tout se passait bien. Mais il a rencontré cette fille, Sylvie, et doucement il a replongé.

— C'est-à-dire ? demanda Aurélie.

— Eh bien, elle lui a rappelé comme le sang était bon pour lui, enfin de son point de vue évidemment. Elle l'a tenté et du coup, il a peu à peu arrêté de prendre son traitement. Je ne l'ai découvert que depuis peu. Je suis passé chez lui, enfin chez eux, et dans le frigo, j'ai vu un bocal de sang. Or il m'avait promis qu'il n'en consommerait plus, pas même de l'animal. Vous savez, c'est comme une drogue pour lui…

— Mais pourquoi ne nous avoir rien dit quand vous avez vu les plaies des victimes ? Vous n'avez pas fait lien ? Vous étiez là pour ça, trouver un coupable !

— Attendez ! Rien ne dit que c'est lui le meurtrier ! s'écria-t-il. Ce n'est pas parce qu'il a cette maladie que c'est forcément lui !

— Mais il y a de grandes chances que ce soit bien lui car il a été vu sur les lieux des crimes et qu'il a le même syndrome que le meurtrier… Sachant que la dernière fois, une fillette avait failli y passer… Aujourd'hui, avec l'appui mental de cette Sylvie, il a pu passer à l'acte. Bon, vous allez rester ici pour ce soir. Il ne faut pas que vous ayez contact avec lui, vous pourriez le prévenir de notre enquête et le faire fuir, surtout si c'est bien lui. »

Aurélie et Julien sortirent dans le couloir. La journée touchait à sa fin, le soleil commençait à se coucher et la fatigue se faisait sentir. Mais ils touchaient au but.

« Bon, Julien, tu vas aller montrer la photo du fils Boucheron et de Sylvie dans les quartiers des crimes. Si quelqu'un les reconnaît, en plus des caméras de surveillance, nous aurons bien la confirmation qu'ils étaient sur les lieux aux heures de crime. Moi, je vais demander un mandat de perquisition. J'espère qu'il sera accepté.

– Ok, j'y vais. Je t'appelle quand je repars de là-bas pour te dire si on se rejoint ici ou chez nous, selon les avancées. Car il va bientôt faire nuit, on ne pourra plus rien obtenir après. Il faudra attendre demain matin… A tout à l'heure ! »

Il la prit soudainement dans ses bras et l'embrassa malgré le fait qu'ils soient à vue, dans le couloir. Mais elle se laissa faire, appréciant cette petite touche de tendresse dans cette journée si stressante.

Après avoir fait sa requête de mandat en demandant qu'on la joigne sur son portable dès que la réponse serait donnée, Aurélie prit le métro pour rejoindre sa mère au rendez-vous fixé chez son psychologue. Dans la rue du cabinet, elle reçut un appel :

« Allo, ici Dubard.

– C'est Bataz. J'ai une mauvaise nouvelle. On m'a contacté pour un nouveau meurtre. Je suis sur les lieux.

– Oh ! C'est pas vrai ! Il est à ajouter à notre affaire ?

– Je pense bien oui. Apparemment, il a eu lieu cette nuit mais il n'a été découvert que depuis deux heures environ. Le temps que ça remonte jusqu'à nous…

– Bon ok ! Mais là, je ne peux pas venir. Je suis… Je dois voir un possible témoin ! mentit-elle. Envoyez-moi l'adresse, je vous rejoindrai dès que j'ai fini. Prévenez Mauve aussi.

– D'accord. Sinon, si vous finissez trop tard et qu'il n'y a plus personne ici, vous pourrez voir le corps à la morgue et je vous ferais parvenir les photos de la scène de crime. »

Aurélie raccrocha, éteignit son téléphone et entra dans le cabinet. Sa mère et le médecin l'attendaient et l'accueillirent d'un air affable. Le docteur la rassura en disant :

« Mademoiselle Dubard, quelle bonne surprise ! Vous êtes prête ? Passons dans mon cabinet et allongez-vous sur le canapé. Vous verrez, tout se passera bien et vous aurez enfin retrouvé la mémoire. D'ailleurs, votre mère restera près de vous. Si quelque chose n'allait pas, je vous réveillerai aussitôt.

– Allez, viens ma chérie, n'ai pas peur. Je reste auprès de toi, confirma Madame Dubard. »

Aurélie s'allongea sur le canapé mais elle était tendue comme un arc, se demandant si elle avait pris la bonne décision en venant. Au fond d'elle même, elle savait qu'il fallait en finir avec cet épisode tragique de son histoire et que pour son bien, il fallait en passer par là.

Le Docteur Baillard s'assit sur une chaise à côté d'elle, un carnet de note sur son genou droit relevé sur le gauche, un stylo et un pendule dans les mains. Il lui murmura d'une voix douce : « Aurélie, détendez-vous. Je vais vous mettre le pendule devant les yeux et vous vous concentrerez sur son oscillation et ma voix. »

Le pendule allait et venait doucement. Maintenant, plus rien d'autre n'existait dans le monde que ce pendule. Elle se sentait bien et avait une subite envie de dormir. C'est alors que la voix de Baillard intervint : « Vous avez envie de dormir, vos paupières sont lourdes et se ferment, vous ne pouvez pas les en empêcher. Vous êtes calme et détendue. A trois, vous allez vous endormir et n'entendrez plus que ma voix : un, deux, trois. »

Aurélie était plongée dans un profond sommeil.

« M'entendez-vous Aurélie ? C'est le Docteur Baillard.

– Oui, je reconnais votre voix.

– Savez-vous où nous sommes ?

– Oui, dans votre cabinet.

– Bien. Maintenant, vous allez remonter dans votre enfance. Plus précisément le jour où vous vous êtes faite agresser pour la première fois. Pouvez-vous me raconter en détails se qu'il s'est passé ? »

Aurélie chercha aux tréfonds de sa mémoire le souvenir de ces jour maudit. Puis elle commença à raconter :

« Ce jour là, mes parents travaillaient. Je rentrais de cours seule. Je n'avais pas vraiment fait attention à cet homme qui me suivait, je pensais juste qu'il allait dans la même direction que moi. Arrivée à la maison, j'ai préparé un petit goûter et je me suis installée sur la terrasse du jardin car il faisait beau. Comme le soleil me gênait, j'ai décidé de mettre le parasol. Je suis allée le chercher dans la cabane de jardin. Arrivée à la hauteur de celle-ci, j'ai senti une main se poser sur mon épaule gauche. Je me suis retournée et j'ai découvert cet homme, avec des yeux brillants et un étrange sourire. J'ai compris de suite où il venait en venir et j'ai essayé de crier et de m'enfuir. Je n'ai pas eu le temps de mettre mes projets à jour. Il s'était déjà emparé de moi, plaquant ses grosses mains sur ma bouche et m'étranglant à moitié. Il a ouvert la porte de la cabane et m'a projetée dedans. Il m'a agrippée par les cheveux et a arraché mes vêtements. Il m'a jetée sur le sol et tout en me maintenant, il a sorti son sexe de son pantalon et l'a enfoncé en moi. Cela m'a fait si mal que j'ai eu l'impression d'être coupée en deux. Plus je hurlais et me débattais, plus ça l'excitait et sa joie était d'autant plus grande de me voir complètement ensanglantée. Quand il en a eu assez de moi, il m'a ligotée, m'a mise un coup de pied dans le ventre. Il m'a craché dessus en me traitant de putain. Et pour être sûr que je ne dirais jamais rien à personne, il m'a assénée un grand coup de pelle sur le crâne. Voyant que je ne réagissais plus, il m'a laissé là pour morte. C'est mon oncle Jean, le frère de mon père, qui m'a trouvé. Mes parents l'hébergeaient parce qu'il n'avait plus de travail et après une violente dispute avec sa femme à cause de son alcoolisme, elle l'avait mis à la porte. Il m'a aidé sur l'instant, mais m'a conseillé de ne rien dire, me convainquant que j'étais la seule responsable à vouloir attirer les hommes. Quelques jours plus tard seulement, mon oncle s'est glissé dans ma chambre en pleine nuit et a abusé à son tour de moi. Et il a recommencé lors de deux autres nuits où mes parents étaient sortis. »

Aurélie pleurait en parlant. On pouvait voir sa souffrance à chaque mot qu'elle prononçait. Le médecin décida qu'il en avait assez entendu et mit fin à son calvaire.

« Aurélie, vous m'entendez ? lui demanda-t-il de sa voix douce.

– Oui.

– Maintenant, je vais compter jusqu'à trois et vous vous réveillerez en vous souvenant de tout. Un, deux, trois, réveillez-vous ! »

Aurélie avait maintenant les yeux grands ouverts, elle se souvenait et sa douleur n'en était que plus insupportable. Elle s'assit et se tourna vers sa mère qui avait pleuré aussi et était aussi blanche qu'un linge. Celle-ci lâcha d'une voix entrecoupée par les pleurs :

« Je comprends pourquoi Jean est parti du jour au lendemain. Tout s'explique maintenant. »

La mère et la fille tombèrent dans les bras l'une de l'autre, secouées par les sanglots. La mère d'Aurélie se sentait tellement triste de ne pas avoir compris, de ne pas avoir su interpréter la souffrance de sa fille.

« Je suis désolée ma chérie, pourras-tu me pardonner ?

– Mais je n'ai rien à te pardonner maman, ce n'est pas de ta faute. Je n'arrivais plus à me souvenir de tout ça… J'en ai une boule au ventre, mais en même temps, je me sens libérée, mais… je me sens tellement sale.

– Je suis tellement en colère contre Jean, il ne faudrait pas que je le croise un jour celui-là! Ce monstre ! Il faut vraiment être malade pour faire ce genre de choses, surtout à sa propre nièce ! Sa femme a eu raison de le mettre dehors. Quel salop ! Et cet autre homme, on ne saura jamais qui c'était sans doute… Toutes ces années de souffrances… Des années d'angoisse à se demander comment t'aider. Nous te regardions, mal dans ta peau, et on se demandait ce que nous avions bien pu faire de mal pour que tu changes ainsi du jour au lendemain. Nous t'aimons très fort, tu sais Aurélie, si seulement nous avions pu deviner… Quand Jean nous a annoncé qu'il partait parce qu'il avait trouvé un travail à Perpignan, nous étions tellement soulagé qu'il s'en aille et aussi content de pouvoir nous retrouver tous les trois… On ne se serait jamais douté… »

Aurélie embrassa sa mère et la serra dans ses bras. Elle commençait à se sentir délivrée, elle respirait plus librement que depuis des années… Elle regarda le ciel et se dit qu'elle avait de la chance de savoir maintenant.

Les deux femmes s'embrassaient à n'en plus finir et Aurélie rappela à sa mère combien elle l'aimait et la rassura en lui disant qu'elle n'aurait pas pu deviner quelque chose d'aussi horrible et qu'elle avait toute confiance en elle.

« Je sais que si papa et toi vous aviez pu savoir, vous auriez fait ce qu'il fallait pour qu'ils soient arrêtés. Allez maman, il faut rentrer maintenant, j'ai encore du travail.

— Tu es sûre de vouloir encore travailler ? Tu pourrais venir à la maison.

— Non maman, il ne faut pas que tu t'inquiètes et arrête de pleurer, tout va s'arranger maintenant. »

Des pensées confuses envahirent Aurélie. Elle se sentit dépassée, débordée. Il fallait remettre tout ça dans l'ordre et gérer les choses par priorité. Mais après toutes ces années de souffrances, il lui était bien difficile de trouver des priorités à quoi que ce soit d'autre. Mais il y avait ces meurtres et l'enquête n'avait jamais été si près d'aboutir à quelque chose de concret. Son téléphone sonna juste à ce moment là.

« Oui, allo ? Est-ce que vous avez communiqué l'adresse à Mauve ? Très bien, j'arrive tout de suite. Maintenant que le labo est parti, sécurisez-les lieux et ne laissez entrer personne. Ah oui, une dernière chose, est-ce que cette rue est sous vidéosurveillance ? Dans ce genre de quartier, c'est fréquent. Si c'est le cas, procurez-vous ces vidéos nous les regarderons plus tard au quai des orfèvres. J'arrive. »

Aurélie arriva dans le quatorzième arrondissement, à l'adresse indiquée par Bataz, alors que la nuit était déjà tombée.

Une foule de curieux en mal de sensation occupait les trottoirs et la rue. Un peu en retrait, Paul Boucheron regardait Aurélie sortir de la voiture. Il eut à sa vue un sourire carnassier et pensa : « Toi ma belle, ton tour va venir ! Un vrai morceau de choix ! J'en salive déjà en m'imaginant planter mes dents dans la peau soyeuse et tendre de ton cou, me gorgeant de ton sang chaud que je recevrai comme un ultime honneur. Allez, cours voir mon œuvre, ma Cécile, car elle m'appartient désormais. Elle est en moi, augmentant ma puissance et me plaçant encore plus au-dessus de vous, simples mortels ! Son sang, je l'ai savouré, dégusté, m'en suis délecté comme si c'était un nectar ! J'en tremblais de jouissance car cette dernière en est le summum, ce que je n'aurai pas obtenu en la baisant. »

Il se retourna et s'éloigna tranquillement, sûr de son impunité.

Aurélie entra dans l'immeuble, croisant un policier en uniforme gardant l'entrée qui lui indiqua l'étage où avait eu lieu le crime. Elle trouva Julien assis sur un canapé, parlant à une femme en pleurs. Elle ne voulut pas l'interrompre et se dirigea vers la seconde pièce de ce petit appartement. Elle trouva Bataz accroupi près d'un lit, en train de fouiller une table de nuit.

« Alors, vous pouvez m'en dire plus sur ce meurtre ? demanda-t-elle.

– Ah, vous voilà ! Bon pour le corps, il faudra aller à la morgue. Le légiste ne voulait pas attendre… Alors, il s'agit de Cécile Mérin, vingt-trois ans, étudiante en art. Elle vivait seule ici. Sa mère, que Mauve interroge, l'a trouvée égorgée sur son lit. Elle n'y était pas couchée, juste posée dessus. Elle devait être assise quand c'est arrivé selon le légiste.

– D'accord. Et selon lui, c'est le même tueur ?

– Il va faire l'autopsie ce soir même pour nous dire au plus vite. C'est pour ça qu'il était pressé… Il ne voulait pas finir trop tard non plus.

– Ok. »

Julien arriva à leurs côtés.

« Ah ! Mauve ! Alors, ces comparaisons de photo ?

– Bon alors, dans le quartier d'Emilie, il y a une dame qui pense bien avoir vu le couple cette nuit là, mais elle ne peut pas certifier que c'étaient eux. Chez Elisa par contre, la femme qui nous avait parlé l'autre fois, elle a bien certifié que c'était Boucheron fils, et que la femme devait bien être Martin.

– Bon alors déjà pour Boucheron, nous sommes sûrs maintenant ! Le tout c'est de l'attraper désormais… Et qu'il nous livre sa complice !

– Concernant ce dernier meurtre, la mère a pu me confier certaines choses. Sa fille vivait seule, sans petit ami apparent. Elle la voyait régulièrement, c'est pour ça que quand elle a vu qu'elle ne répondait pas sur son portable, elle est venue ici. Elle avait la clé, mais de toute façon, ce n'était pas fermé. Je lui ai demandé si sa fille avait eu des problèmes dans le passé, de viol par exemple…

– Et alors ?

– Eh bien malheureusement oui. Par son grand-père qui la gardait régulièrement. Et devinez quoi ?

– Je préfère ne pas deviner, dit Aurélie.

– Elle a eu un enfant elle aussi à la suite de ces viols répétés. C'est d'ailleurs comme ça que ses parents ont su pour le grand-père. Mais il est mort-né.

– Elle avait quel âge ?

– D'après Cécile, il a abusé d'elle de ses sept à douze ans, quand elle est tombée enceinte.

– De pire en pire… souffla Aurélie. Bon donc ce Boucheron doit savoir pour ces viols et ces bébés, car c'est le lien le plus direct. Les âges ne correspondent pas, ni les situations familiales. A-t-elle été au lycée où Emilie enseignait ?

– Eh bien non. Sa mère m'a dit qu'elle avait suivi des cours à domicile. Après ce qui lui était arrivé, elle a eu du mal à remonter la pente. Elle venait à peine d'aller mieux depuis environ deux ans, quand elle avait commencé la fac.

– Et elle a pu te dire son groupe sanguin ? C'était du AB négatif ? demanda Aurélie, oubliant de vouvoyer Julien tellement l'enquête la prenait au corps.

– Elle ne sait pas. Il va falloir attendre les résultats du légiste. Mais sinon, Cécile avait un chien selon sa mère. Il a disparu.

– Si c'est Boucheron, le pauvre animal va lui servir d'apéritif avant sa prochaine victime… Bon il faut absolument le trouver ! On a la preuve qu'il était sur les lieux des crimes. En plus, on va comparer son ADN à celui retrouvé sous les griffes du chat d'Emilie. Bataz, prenez les photos de Boucheron et Martin, et allez faire le tour du voisinage ! ordonna Aurélie.

L'étau se resserrait désormais sur le couple, mais quels étaient les rôles de l'un et de l'autre ? Paul Boucheron semblait tuer puis s'abreuver du sang de ses victimes. Mais Sylvie, elle, quelle était son implication dans ces meurtres ? Elle devait le découvrir et faire arrêter ces Bonnie and Clyde version vampires au plus vite !

Amaury Duval, alias Musclor, avait délaissé Pires pour aller jeter un œil sur Boucheron père qui occupait une salle d'interrogatoire fermée à clé pour les besoins de l'enquête. Aurélie avait bien sûr pris soin de lui retirer son téléphone portable ainsi que son net book afin qu'il ne puisse nullement communiquer avec son fils.

Antoine se leva immédiatement dès que la porte s'ouvrit et gesticula en suppliant Amaury : « Je vous en supplie, ne lui faites pas de mal, c'est mon fils unique ! Cela fait trop longtemps que ça dure ! »

Le policier, un peu hébété, lui demanda s'il avait des aveux à faire et Antoine se contenta d'opiner d'un air dépité. Amaury s'assit et mit en route un dictaphone afin d'enregistrer la conversation. Boucheron lâcha :

« Vous ne vous rendez pas compte de ce que cela signifie pour moi d'avoir un fils comme ça. Au début, je ne voulais pas y croire, je pensais qu'il était dans sa crise d'adolescence et traversait une période gothique.

Il s'habillait en noir, avec un long manteau en cuir, de grosses chaussures noires. Il écoutait du métal gothique, affectionnait aussi Marilyn Manson, même s'il se moquait de son côté commercial. Il regardait des films gore, enfin vous voyez quoi ! Puis une fois, je l'ai trouvé à vouloir tuer le chien de nos voisins, juste pour essayer disait-il. Là, j'ai pris rendez vous chez un psychiatre que je connais afin qu'il me donne son avis d'expert. »

Il retint un sanglot mais une larme coula sur sa joue. Il baissa les yeux et reprit : « Et là, après tout ce que lui a dit Paul, il m'a annoncé le verdict de syndrome de Renfield et m'a dit qu'il devait être suivi de manière drastique. J'ai voulu croire à sa rémission ! Mettez-vous à ma place ! Et puis lorsque vous m'avez confié l'affaire, au vu des éléments, j'étais intimement convaincu que c'était lui, même si je me refusais d'y croire. »

Amaury regarda cet homme et oscillait entre compassion et professionnalisme. Devait-il l'arrêter pour non assistance à personne en danger du fait qu'il savait qui était l'assassin et avait laissé des victimes être tuées par sa faute ? Ou bien devait-il juste enregistrer sa déposition et la garder au chaud en attendant que son fils soit arrêté ? Il n'eut pas le temps de répondre à sa question car Antoine explosa : « C'est sa faute aussi à cette tarée ! Ils se sont rencontrés à un concert de Cradle of Filth et elle lui a complètement fait tourner la tête. Il est devenu encore plus déjanté qu'avant ! C'est elle qu'il faut interner ! »

A cet instant, le téléphone d'Amaury sonna. Il sortit un instant dans le couloir pour répondre.

« Allo, Duval ? C'est Dubard. Il y a eu un nouveau meurtre la nuit dernière et le corps a été retrouvé il y a peu.

— Encore un meurtre lié à l'affaire ?

— Oui hélas. Il faut arrêter ce Boucheron au plus vite ! La dernière victime avait elle aussi été violée et avait eu un enfant de ce viol. Essayez de savoir comment le fils Boucheron avait pu savoir ce genre de chose auprès de son père, comment il aurait pu choisir ses victimes. Nous nous allons à la morgue pour en savoir plus sur ce dernier meurtre.

– Ok, je m'en occupe. »

Amaury entra à nouveau dans le bureau et se rassit face à Boucheron.

« Il y a eu un nouveau meurtre. Votre fils a encore fait des siennes, annonça-t-il.

– Oh… dit Boucheron en prenant un air affligé.

– Nous aimerions savoir comment votre fils a pu choisir ses victimes ? En avez-vous une idée ?

– Euh… Non, je ne vois pas. Il doit sûrement prendre des femmes au hasard.

– Nous ne le croyons pas, enchaîna Amaury. En effet, ses trois victimes, en supposant qu'il n'y en a pas eu d'autres que nous n'aurions pas encore trouvées, elles avaient été violées dans le passé. De plus, elles avaient eu chacun un ou des enfants de ces viols et apparemment aussi, elles étaient toutes du même groupe sanguin rare. Ca ne vous semble pas étrange ? Comment aurait-il pu le savoir ?

– Je ne sais pas ! Peut-être les connaissait-il ? Peut-être que c'est cette Sylvie qui les lui a désigné ?

– Peut-être oui… Mais peut-être aussi qu'il a pu voir ça sur des dossiers que vous rameniez chez vous… Ou bien en fouillant sur votre ordinateur… Ou même, que vous lui avez donné ces renseignements ! dit Amaury en commençant à s'énerver. »

Boucheron ne lâchait pas son regard et lui parut impassible. Son comportement était totalement opposé à celui qu'il avait évalué avant de revenir dans le bureau.

« Alors ? demanda à nouveau Amaury après une minute de silence.

– Je ne dirais plus rien ! Qu'on ose m'accuser d'être complice me révolte !

– Je croyais que vous vouliez aider votre fils ? En agissant de la sorte, ce n'est pas ce que vous faite. Si vous n'avez rien à voir là-dedans, donnez-moi une explication plausible. »

Pendant ce temps, Aurélie et Julien arrivèrent à la morgue. Après avoir enfilé blouse et protège-pieds, ils entrèrent dans la salle d'autopsie. Julien grimaça, il ne pouvait se faire à l'odeur qui flottait. Aurélie restait plus stoïque et parvenait à prendre du recul face aux cadavres.

« Ah ! Vous arrivez bien, leur dit le légiste. Je viens d'examiner la gorge et ses plaies. Il y a un plus cette fois et devinez ! Une trace de morsure ! Et à une dent, il manque un morceau. Le dentiste va arriver et prendre une empreinte et vous fera un moulage. Avec ça, vous n'aurez plus qu'à regarder dans la bouche de vos suspects !

– Cela nous aidera effectivement. Mais, demanda Aurélie, avez-vous des traces de salives aussi ?

– Oui bien sûr, bien plus du fait de la morsure.

– A votre avis, pourquoi a-t-il mordu cette fois-ci ?

– Soit trop assoiffé de sang, soit un accès de colère. Mais je pencherais pour la première solution.

– Pouvez-vous comparer l'ADN retrouvé sous les griffes du chat avec l'ADN de la salive?

– Oui ce sera fait. Pour quand vous faut-il les résultats ?

– Pour hier ! Le plus vite possible, nous devons être sûrs de notre coup. Encore une question importante, si on vous amène du sang du père du présumé meurtrier, vous pourrez nous dire si la salive est bien de son fils ?

– Bien sûr !

– Très bien, nous allons faire le nécessaire. Merci encore, j'attends votre rapport avec impatience.

– Vous me quittez déjà ? leur dit-il avec une pointe d'ironie.

– Le suspect ne va pas nous attendre et d'ailleurs mon GSM sonne. Chacun sa partie, lui lança Aurélie tout en se précipitant hors de la salle. »

A peine dans le couloir, elle écoutait Amaury lui demander de revenir le plus vite possible au bureau car il y avait un problème avec Boucheron père.

« Vite Julien, s'écria-t-elle.

– Que se passe-t-il ?

– Il y a un problème avec Boucheron mais Amaury n'a pas voulu me dire quoi. »

Quand Aurélie et Julien pénétrèrent dans la salle d'interrogatoire, ils trouvèrent Amaury plaqué sur Boucheron père dont les membres gesticulants dans tous les sens, les yeux exorbités et la bave s'échappant de sa bouche tordue, laissaient présager une crise d'épilepsie. Aurélie comprit tout de suite et prit la situation en main : « Julien, trouve-moi un objet cylindrique assez solide pour l'empêcher de mordre sa langue. Appelle aussi Leïla, explique-lui la situation et qu'elle ramène ses fesses ici en vitesse. Allez bouge ! »

Quelques minutes après, Julien revint avec Leïla aux trousses et un morceau de bois cylindrique et lisse qu'Aurélie s'empressa d'enfourner dans la bouche de Boucheron en faisant attention de ne pas lui briser les dents. Leïla avait avec elle une trousse de secours de laquelle elle sortit une seringue remplie d'un calmant qu'elle injecta aussitôt au profiler. Au bout de quelques minutes, qui leur semblèrent une éternité, la crise d'épilepsie de Boucheron semblait être maîtrisée. Les convulsions disparurent, Aurélie put enlever le morceau de bois de sa bouche et Amaury put enfin se relever.

« Qu'est-ce que tu lui as dit pour qu'il se mette dans un état pareil ? demanda Aurélie à Duval.

– Rien de ce qu'il ne savait déjà. C'est en parlant de Sylvie Martin qu'il a piqué sa crise. Il prétend que c'est elle qui a entraîné son fils dans cette folie meurtrière et l'a convaincu de ne plus prendre son traitement. Il dit qu'elle est folle et qu'il faudrait l'interner. Il pense que c'est elle qui fournit les renseignements à son fils pour l'aider à choisir ses futures victimes. Si tu veux mon avis, elle doit travailler dans une administration ou une association traitant ce genre de cas et là-dedans l'éventail des victimes est vaste.

– Je pense que tu as raison, il nous faut enquêter de ce côté là. Duval, c'est toi qui en a eu l'idée, c'est toi qui va t'en charger ! Et toi Leïla, je pense que maintenant tu as suffisamment d'ADN pour faire des comparaisons. Parles-en avec le légiste. Bon, au boulot tout le monde ! Il faut qu'on arrête le fils Boucheron avant qu'il ne fasse une autre victime ! »

Leïla repartit avec le bout de bois pour en retirer le reste de salive de Boucheron.

Dans la salle d'interrogatoire, le malaise était palpable. Aurélie demanda aux deux hommes de sortir et aida Boucheron à se rasseoir afin qu'il finisse de se calmer.

Julien resta néanmoins derrière la glace sans tain pour être prêt à intervenir au moindre incident. Amaury, lui, décida de trouver la liste des associations s'occupant d'aider les victimes de viol sur la région parisienne.

« Ca ne va pas être de la tarte, tout confidentiel, mais il faut trouver quelque chose, se dit-il. Bon le fichier qui m'intéresse, c'est celui des employés. Dans un premier temps, je vais appeler Mélanie à la sécu, elle saura me trouver le numéro de Sylvie et à partir de là, peut-être son employeur. Mouais, je fais quand même ma liste, toutes ces femmes ne fréquentaient peut-être pas la même association qui sait. »

Après plusieurs dizaines de minutes le temps que Boucheron reprenne totalement ses esprits, dans la salle d'interrogatoire, Aurélie reprit :

« Monsieur Boucheron, savez-vous où peut-être votre fils ? Connaissez-vous ses habitudes ?

– Non! Mon fils ne m'écoute plus depuis sa rencontre avec cette fille. Il ne voit qu'elle et à coupé tout lien avec sa mère et moi.

– Vous rendez-vous compte que vous allez devoir rendre des comptes ? Nous aurions peut-être pu éviter les autres meurtres si vous nous aviez parlé plus tôt ! Bon sang ! Je vous ai fait confiance ! Et votre conscience professionnelle, alors ? De plus, votre fils est encore plus en danger car quand nous lui mettrons la main dessus, nous ne prendrons pas de gants. C'est un assassin dangereux et c'est le groupement d'intervention qui va intervenir pour l'arrêter.

– Non ! Ne le tuez-pas ! C'est mon fils après tout, qu'auriez-vous voulu que je fasse ? Et puis il peut toujours y avoir un doute, vous n'avez pas de preuves formelles.

– Si, monsieur Boucheron, si. Dans peu de temps, son ADN sur les lieux du crime sera confirmé et en plus, il y a encore un nouveau meurtre avec une trace de morsure, donc une confirmation de plus par ses empreintes dentaires aussi. Maintenant vous n'avez plus le choix, vous devez nous aider à tracer le profil des crimes par rapport aux déplacements de votre fils, son mode opératoire, afin d'éviter un autre meurtre. J'ai l'impression qu'il est passé à la vitesse supérieure. Vous n'avez pas le droit de laisser mourir d'autres jeunes femmes. Ces femmes ont déjà connu l'horreur par le viol et en plus elles devraient mourir dans des conditions horribles ? Arrêtez ça, monsieur Boucheron ! Vous serez poursuivi pour obstruction à l'enquête et non assistance à personne en danger. Vous n'avez pas d'autre choix que de nous aider car vous aiderez aussi votre fils et il ne pourra plus être en contact avec Sylvie Martin. »

Aurélie eu l'impression de faire mouche en prononçant le nom de Sylvie car le visage de Boucheron opéra une transformation radicale.

« Très bien, je vais vous aider. Il faut que mon fils soit soigné et cette fille sera définitivement loin de lui et pour toujours.

– Ok ! Je vais chercher tous les dossiers et nous allons tout reprendre à zéro, nous allons comparer le mode opératoire de chaque crime, les lieux des crimes, et surtout la zone dans laquelle votre fils et sa compagne se déplacent. Je reviens et je vous apporte quelque chose à boire également. »

Pendant ce temps, Duval constituait sa liste des associations susceptibles de venir en aide aux victimes de viol. La liste était plutôt longue.

Leïla, elle, était en passe d'obtenir les résultats quant à l'ADN laissé sur les lieux de crime et la salive prélevée sur le bâton qui avait servi dans la salle d'interrogatoire. Elle pensait à sa soirée avec son mari. Dommage, il allait encore piquer une crise. C'était leur soirée d'anniversaire et elle allait travailler tard. Dès que ce dernier échantillon serait mis en machine, elle l'appellerait pour lui dire que ce soir il allait devoir s'occuper des enfants et surtout qu'il ne fallait pas qu'il l'attende. Allez ! Arrêter le meurtrier de ces crimes ignobles, ça aussi c'était important. Quand elle s'était engagée dans la police, c'était aussi pour ça. Un peu de concentration.

Aurélie ramena les dossiers dans la salle d'interrogatoire et commença son travail de réflexion avec Antoine Boucheron et Mauve.

Charles Bataz revint de son enquête de voisinage qui s'avéra assez concluante. Il entra dans le bureau où Aurélie, Julien et Antoine étaient penchés en pleine étude des dossiers. Il se sentit un peu gêné de faire intrusion de la sorte, d'autant que personne ne leva la tête à son arrivée. Mais il ne se laissa pas démonter et lança : « J'ai raté quelque chose ? Non, parce que moi j'ai de nouveaux éléments ! »

Aurélie le fusilla du regard mais Charles n'en tint pas compte et continua : « Les témoins susceptibles de pouvoir identifier Paul et Sylvie sont affirmatifs, cela leur ressemble énormément ! Donc, on va pouvoir les interpeller ! »

Antoine lui adressa un regard plein de supplication et Charles sentit qu'il aurait mieux fait de ne pas prononcer sa dernière phrase. Il alla s'asseoir avec les trois autres autour du bureau afin de faire son rapport et de le joindre au dossier, quand une question lui vint à l'esprit : « Où est Duval ? »

Question à laquelle il n'eut aucune réponse. Il reprit donc en silence la rédaction de son rapport.

Pendant ce temps, Amaury recherchait activement Sylvie. Après s'être entretenu avec Mélanie et avoir pu obtenir son numéro de sécurité sociale, il lui demanda si elle pouvait lui fournir le numéro d'immatriculation d'entreprise de son employeur pour identifier son établissement, ce serait ainsi beaucoup plus simple pour lui de trouver les coordonnées par la suite. Mélanie, qui ne pouvait rien refuser à Duval, lui donna toutes les informations dont elle disposait. Amaury lui promit un café en remerciement et continua sur sa lancée. Il trouva le numéro d'immatriculation correspondant à une association de loi 1901 d'aide aux victimes de violences sexuelles. Du fait que celle-ci recevait des subventions de l'Etat, elle était répertoriée, ce qui lui facilita grandement la tâche.

Il prit son téléphone et composa le numéro.

« SOS viol, j'écoute, annonça une voix féminine.

– Bonjour. Ici Amaury Duval de la Brigade Criminelle de la Police de Paris. Pourriez-vous nous donner quelques informations, s'il vous plait ?

– Bien sûr. Que désirez-vous savoir, monsieur Duval ?

– Avez-vous eu parmi vos employés une certaine Sylvie Martin, mademoiselle… ?

– De Mormoilneu. Annabelle de Mormoilneu, monsieur Duval. Je fais une petite recherche, voulez-vous patienter quelques instants ? »

Les notes de la Petite Musique de Nuit de Mozart retentirent au moment où son interlocutrice mettait Amaury en attente.

« Il me semble avoir entendu parler de cette personne » se dit Musclor. « Et si je faisais ma petite enquête de mon côté ? »

Aussitôt dit, aussitôt fait. Amaury rentra l'identité de son interlocutrice dans son ordinateur et lut les données suivantes : «Annabelle de Mormoilneu, auparavant connue comme Jean Dupont jusqu'au vingt-six août deux mille six. A subit une transformation physique incluant un changement de sexe total. Hérite de manière mystérieuse d'une somme de dix millions d'euros en espèces sous la forme d'un don anonyme. Pas d'imposition sur cette somme d'après le fisc. A tourné dans différentes production érotiques de la société Danloss. Suite à des abus sexuels répétés, a démissionné et trouvé un travail à SOS Viol comme conseillère et standardiste. A un procès en cours aux Prud'hommes contre son ex-employeur pour salaires impayés d'un montant de dix millions d'euros.»

« Mazette » se dit Duval. « Elle devait avoir un contrat en or celle-là. Son revenu actuel doit à peine couvrir son petit déjeuner » se dit-il avec un sourire.

« Désolée de vous avoir fait attendre, Monsieur Duval. Mademoiselle Martin est inscrite chez nous comme victime de plusieurs viols dans son enfance. Elle travaillait comme conseillère standardiste ici et il se trouve que j'ai été amenée à la remplacer pendant son absence. Voulez-vous que nous nous rencontrions, Monsieur Duval ? demanda Annabelle d'une voix aguicheuse.

– Je ne sais si c'est très nécessaire, mademoiselle. Quoique ca me permettra de mieux consulter vos dossiers. Ca vous dérangerait si j'étais à vos bureaux dans une petite demi-heure ?

– Pas du tout, je vous attends, monsieur Duval, susurra Annabelle. »

Amaury s'engouffra dans une voiture de service et fonça jusqu'aux bureaux de l'association. Ceux-ci étaient au rez-de-chaussée d'un immeuble moderne entièrement vitré. Le bureau était vaste et en open-space sans alvéoles individuelles. Il contenait trois bureaux mais un seul était occupé. La personne qui y était assise était une grande femme aux cheveux blond platine, svelte et à la poitrine avantageuse. Son corsage de soie blanc, soigneusement décolleté, montrait clairement une absence de soutien gorge. Elle portait un tailleur rouge vif cintré et au décolleté profond, mais élégant. Sous son bureau apparaissait une paire d'escarpins rouges à talons de quinze centimètres.

« Mademoiselle de Mormoilneu, je suppose, dit Musclor en entrant et en tendant la main à la jeune femme.

– Tout à fait, monsieur Duval, c'est bien cela ? Je vous attendais plus tard, mais c'est pas grave, cela nous donnera plus de temps pour régler nos petites affaires. »

Ce disant, la bouche carmin d'Annabelle laissa apparaitre un piercing de langue avec lequel elle semblait beaucoup aimer jouer. Elle invita Musclor à s'asseoir à ses côtés derrière son bureau. Amaury ne se fit pas prier. Il vit qu'elle portait une jupe assortie à sa veste de tailleur qui lui arrivait à peu près à mi-cuisses et qui laissait apparaître des jarretières et le haut de ses bas, couleur chair, tellement bien assortis à sa carnation qu'ils en semblaient invisibles. Annabelle faisait visiblement preuve d'une élégance sexy à couper le souffle à laquelle n'importe quel mâle normalement constitué pouvait difficilement rester insensible.

Ils examinèrent les dossiers en consultant l'ordinateur d'Annabelle. Ceux-ci ne contenaient guère plus d'informations que ce que les services de police savaient déjà, mais Amaury demanda à les faire imprimer pour les glisser dans le dossier d'enquête.

« Aucun problème » dit Annabelle. « Il suffit juste que je branche l'imprimante. » Elle se laissa glisser sous le bureau, trifouilla les câbles et dit : « La machine est prête ! »

Alors que l'imprimante crachait ses feuilles, Annabelle et Amaury se mirent insensiblement à flirter. Visiblement, ils se plaisaient mutuellement.

« Vous êtes libre demain soir, Annabelle ? demanda «Musclor».

– Oui, pourquoi ? demanda Annabelle d'un air faussement niais.

– Disons que… Vous me plaisez et j'aimerais bien sortir avec vous. Ca me permettra de me détendre du travail.

– Oui, vous m'avez l'air bien tendu, dit-elle en posant sa main sur sa cuisse avec un regard entendu.

– On se donne rendez-vous demain à vingt heures aux Deux Magots ?

– D'accord. Si j'ai un problème, je vous appelle. Je peux noter votre numéro de portable ?

– Tenez, prenez ma carte. Ce sera plus simple. »

Elle lui tendit un petit rectangle de carton rouge imprimé en noir.

« Merci. A demain ! » dit Amaury en lui serrant la main.

Annabelle raccompagna Amaury à la porte. Il se rendit alors compte de la taille réelle de cette femme car elle le dépassait de plus d'une tête, sans tenir compte des talons qu'elle portait. Et Amaury faisait déjà près d'un mètre quatre-vingt dix...

Dans sa voiture, tout en conduisant, il se dit que ce changement de sexe était certainement dû au fait qu'étant garçon, il avait les organes féminins. Ce n'était pas le premier ainsi, et elle était à son goût. Il fallait être large d'esprit après tout ! Mais son esprit revint à l'enquête et il se demandait pourquoi cette Sylvie, ayant été violée, s'attaquait avec Boucheron à des femmes ayant subi les mêmes outrages ? Il fallait poser cette question à Boucheron père.

Arrivé au Quai des Orfèvres, il se gara et se précipita pour rejoindre Aurélie, Julien, Charles et Boucheron père. Il entra en trombe dans le bureau et, se plantant devant Boucheron, lui posa la question qui le tracassait.

« Ha ! Bonne question, monsieur Duval. Pour elle, je crois que c'est pour effacer tout ce qui peut lui rappeler sa faiblesse, sa soumission face à son violeur.

— Mais elle n'était pas de taille à se défendre, elle était gamine comme ses victimes ! s'exclama Aurélie.

— Elle ne le vit pas ainsi.

— Et boire leur sang alors ? demanda Julien.

— J'ai l'impression qu'elle veut prendre ce que le violeur ne leur a pas pris : la vie palpitante dans leurs veines, la seule force étant en elles. Il faudra l'amener à nous le dire, mais ça peut prendre du temps, voire des années.

— Et pour votre fils, quelle est la différence ? insista Julien.

– Pour lui, le sang est le fluide vital propre à chaque individu et, en le buvant, il prend la vie, se l'approprie. Dans sa tête, sa folie, il gagne du pouvoir à chaque fois et, de ce fait, se place au-dessus du commun des mortels. Et plus il prendra du pouvoir, plus il lui faudra des victimes. Mais…

– Mais quoi, monsieur Boucheron ? souffla Aurélie.

– S'il n'a pas encore commencé, cela ne va plus tarder. Il en initiera d'autres et formera un groupe qui, si vous ne les arrêtez pas, s'agrandira toujours. Certains par curiosité, d'autres par goût et les derniers pour le plaisir de tuer.

– Seigneur ! murmura Aurélie en regardant ses collègues, il ne faut plus tarder à les stopper ! »

A cet instant, le téléphone sonna. Aurélie décrocha et écouta, tout en opinant de la tête, puis remercia son interlocuteur.

« Très mauvaise nouvelle, monsieur Boucheron, les résultats des tests ADN sont positifs. Il n'y a plus aucun doute, je suis désolée, mais celui de votre fils correspond bien à celui trouvé sur les victimes et le chat d'une des victimes qui a dû le griffer… »

Aurélie se dit qu'ils avaient désormais assez d'éléments en leur possession pour demander un mandat d'arrêt contre Paul et Sylvie. Elle en avisa son supérieur et n'eut aucun mal à l'obtenir. Elle demanda à Charles de faire venir une équipe du GIPN.

Ils prirent une voiture et partirent toutes sirènes hurlantes. Amaury conduisait et Antoine n'en menait pas large, il se cramponnait à tout ce qu'il pouvait. Il se demandait comment lui, un profiler de renom, avait pu laisser son fils en arriver là. Son fils unique, la chair de sa chair, il avait son sang qui coulait dans ses veines, avec celui des victimes à présent.

Aurélie briefait ses coéquipiers pendant le trajet. Ils allaient prendre l'ascenseur jusqu'au sixième étage, puis finiraient à pied jusqu'au septième en bloquant l'ascenseur au rez-de-chaussée, ainsi les suspects ne pourraient pas s'enfuir.

Bataz confirma que le GIPN était en route et que ses membres allaient se poster aux endroits stratégiques en toute discrétion, comme à leur habitude, n'intervenant que sur ordre.

Amaury cessa de faire hurler la sirène à l'approche de l'adresse du couple sanguinaire. Il se gara rapidement et ils entrèrent dans l'immeuble.

Comme convenu, les quatre policiers montèrent à l'ascenseur jusqu'au septième et le renvoyèrent au rez-de-chaussée avec Bataz qui avait pour ordre de le bloquer. Antoine Boucheron attendait dans la voiture, les larmes glissant doucement sur ses joues.

Aurélie, Julien et Amaury montèrent le dernier étage à pied et se trouvèrent devant la porte de Paul et Sylvie. Julien y colla son oreille et entendit un murmure de voix. Il se retourna vers les autres, un doigt sur la bouche. Il frappa alors en disant « Police, ouvrez ! ». Un silence s'installa. Il poussa alors doucement la porte qui s'ouvrit lentement. Aurélie passa, suivie de Julien. Malgré qu'ils fussent sur leur garde, un cri de rage s'éleva qui les pétrifia sur place.

Soudain, Aurélie fut soulevée et projetée par terre. A moitié sonnée, elle n'eut pas le temps de se reprendre car Paul lui tomba dessus, lui empoignant les poignets d'une main et de l'autre lui tournant le visage, maintenant sa tête. Il se pencha sur son cou et la mordit à sang, enfonçant ses dents profondément dans sa chaire tendre.

Pendant ce temps, Julien essayait de détacher Sylvie qui s'était accrochée à Amaury, le griffant sur toute sa joue. Elle hurlait, éructait de rage en l'insultant de tous les noms d'oiseaux. Julien la tirait vers lui, mais elle lui lançait des coups de talon dans les tibias. Toute la rage et la haine qu'elle avait accumulées pendant tant d'années lui donnaient des forces herculéennes, et pour une fois, Amaury tellement saisi, restait pétrifié.

Julien prit son arme de service et asséna un grand coup sur l'arrière de la tête de Sylvie. Celle-ci tomba, lâchant Amaury qui se ressaisit et l'immobilisa à terre. Sylvie reprit très vite ses esprits et essaya de lui échapper, mais il s'assit de tout son poids sur elle, la bloquant définitivement. Julien sauta alors sur Paul, lui assénant à lui aussi des coups de crosse, mais il ne lâcha pas le cou d'Aurélie.

« Lâchez-là immédiatement ou je tire ! » hurla Julien en se reculant et braquant son arme vers Paul.

Mais celui-ci leva la tête, entraînant le cou d'Aurélie ensanglanté, et le fixa d'un regard de défi. Il n'avait plus rien à perdre. Voyant qu'Aurélie était en mauvaise passe, Julien n'hésita pas une seconde de plus et tira dans l'épaule droite de Paul qui partit en arrière, lâchant Aurélie. Julien sauta par-dessus Aurélie, retourna Paul et le menotta. Il se tourna ensuite vers Aurélie, arracha une manche de sa chemise et la pressa contre sa plaie. Il sortit ensuite avec son autre main son portable et appela le SAMU, précisant deux blessés, un par balle et un par morsure au cou.

Le sang continuait de s'échapper par la plaie d'Aurélie. Elle n'osait pas parler, de peur de perdre le peu d'énergie qui lui restait. Julien et elle échangèrent de tendres regards. Ils se rassurèrent mutuellement sans un mot.

Pendant ce temps, Amaury avait menotté Sylvie. Celle-ci hurlait, voyant l'homme qu'elle aimait à terre et blessé, même s'il était encore conscient.

Moins d'une dizaine de minutes plus tard, le SAMU arriva. Aurélie, ayant perdu beaucoup de sang, s'était évanouie et fût emmenée d'urgence à l'hôpital.

Amaury, Julien et Sylvie descendirent par les escaliers de secours. Les lumières de l'ambulance emmenant Aurélie éclaircirent le rue un instant. Ils firent s'asseoir Sylvie dans leur voiture, laissant sortir Antoine Boucheron. Puis ils virent le second brancard, sur lequel était Paul Boucheron, sortir de l'immeuble.

« Mon fils ! Mon fils ! hurla son père en s'approchant. Pourquoi ? Mais pourquoi as-tu fait tout ça, tout ce mal ? sanglota-t-il. »

Paul ne répondit pas, mais lui sourit comme pour s'excuser.

Soudain, sans que personne ne s'y attende, Nicolas Vosges apparu, se rua sur le brancard de Paul Boucheron, en poussant son père à terre, et lui transperça le bas ventre avec un énorme couteau.

« Pour Emilie ! Pour mon Emilie ! » hurla-t-il en accompagnant son geste. Julien intervint, lui attrapant le bras. Il n'eut aucun mal à lui retirer le couteau des mains. Nicolas s'effondra à terre en pleurs.

Les médecins du SAMU essayèrent de réanimer Paul qui avait cessé de respirer. Julien passa les menottes à Nicolas, ayant pitié pour cet homme qui voulait venger celle qu'il avait aimé.

Au bout de quelques minutes de réanimation, les médecins déclarèrent Paul Boucheron décédé.

Julien et Amaury se tournèrent vers un Antoine Boucheron, décomposé, qui affichait la même pâleur que son fils. Julien bascula la tête en arrière, comme pour essayer de ravaler son dégoût, effacer de sa mémoire toutes ces atrocités. C'était fini. Terminé. Il tourna les talons et soupira « Sale affaire… »

Arrivé au commissariat, Julien jeta Sylvie dans la salle d'interrogatoire où le mobilier était suspendu au plafond, histoire de la déstabiliser. Il prit aussi la précaution de la faire enchaîner par un agent pour l'immobiliser complètement. Après tout, il avait été témoin de ce que ce petit bout de femme était capable de faire. Il sortit de la pièce et l'observa un moment derrière la glace sans tain. Il la laissa mijoter là pendant un quart d'heure.

Jugeant que cela avait assez duré, il entra dans la salle avec Amaury. Il lui annonça de but en blanc, d'une voix glaciale, la mort de Paul. Heureusement que la chaise était vissée au sol et qu'elle n'avait aucune liberté de mouvement car elle entra dans une rage folle, les accusant de lui avoir volé son Paul. Elle leur cracha au visage toutes les insultes de son répertoire. Julien laissa passer la tempête. Il lui dit d'une voix toujours aussi froide que la police n'était pour rien dans ce dans ce drame. Le fiancé d'Emilie l'avait poignardé pour venger la mort de celle qui l'aimait. Cela avait été si soudain que personne n'avait pu réagir. Sylvie se tut en entrant dans une espèce de catalepsie, le regard comme perdu dans un autre monde. Julien s'approcha d'elle et lui susurra à l'oreille : « Une vie pour une vie. Maintenant, il va falloir nous dire pourquoi vous et Paul avez commis de telles atrocités ? Nous avons toutes les preuves qu'il faut contre vous mais nous voudrions comprendre. La balle est dans votre camp, c'est à vous de savoir ce que vous voulez faire. Donc je vais vous laissez un peu de temps pour réfléchir. Passé ce délai, quoi que vous disiez, il sera trop tard ! »

Il la laissa là, murée dans son mutisme.

Cet interrogatoire n'allait pas être facile. Boucheron père était incapable de leur dire quoi que ce soit de bien clair sur le comportement actuel de Sylvie. Il fallait contacter la psychiatre de service sinon ils ne tireraient rien de cette femme. Il était nécessaire de trouver le point de contact, ce qui les aiderait à déclencher la discussion pour qu'elle se confie. Elle était complètement déchaînée et en plus, ils n'auraient que sa version.

« Mais qu'est-ce qui lui a prit à ce Nicolas ? se demanda Julien. Il nous dit que tout est fini avec Emilie et c'est lui qui assassine son meurtrier… Comment est-ce qu'il a fait pour savoir que nous étions sur cette piste ? Comment a-t-il pu être au courant du déroulement de notre enquête, merde ?! Ca me fout hors de moi ! Purée ! Le secteur était bouclé, je veux

savoir comment un homme a pu entrer dans le périmètre de sécurité !
Mais quelle bande d'incapables ! Il faut que je prenne des nouvelles
d'Aurélie et il me faut du renfort pour continuer l'enquête. »

Julien et Amaury allèrent alors interroger Nicolas Vosges au sujet du
meurtre de Paul Boucheron. Ils le trouvèrent dans la « cage à poules ».

Tout en ouvrant la grille, Amaury lui demanda de le suivre. Nicolas
se leva sans rien dire et s'avança comme un zombie. Il fut conduit dans
un bureau vide.

« Asseyez-vous, monsieur Vosges et racontez nous tout, lui dit Julien
d'un ton affable. Nous suivons cette histoire depuis un moment. Je pense
comprendre vos motivations, mais j'aimerais que vous nous racontiez
tout. »

Nicolas fondit en larmes

« Où es-tu Emilie, mon amour ? Ils t'ont fait quoi ces ordures ? Dire
que je n'entendrai plus ta voix, que je ne pourrai plus jamais te serrer
contre moi… » dit-il en sanglotant de plus belle.

« Vous aimiez beaucoup Emilie ?

– Oui. J'aurais aimé lui demander sa main. J'étais sur le point de le
faire le soir où elle a été assassinée.

– Même si visiblement pour elle tout était fini entre vous ?

– Oui.

– Donc vous l'avez attendue ?

– Oui, mais je me suis endormi au bout d'un moment.

– Vous n'avez pas entendu le meurtrier arriver ?

– Non. Pourtant c'est difficile d'être discret sur un pont métallique.
La coque fait tout résonner vous comprenez ?

– Oui. Vous connaissiez Emilie depuis longtemps ?

– Assez. Je l'ai connue quand elle est devenue ma locataire sur ma
péniche. Peu à peu notre amour réciproque s'est véritablement révélé.

– Aviez-vous déjà rencontré les personnes qui sont soupçonnées du meurtre d'Emilie Pires ?

– Non, jamais !

– Comment avez-vous fait pour savoir où habitaient les suspects et arriver si vite ?

– Une de vos collègues m'avait laissé son récepteur sur votre fréquence. Quand j'ai su où vous vous dirigiez, j'ai enfourché ma moto et foncé jusqu'au domicile de ces salauds. Vous connaissez la suite.

– Oui, sauf que je ne sais pas d'où vient la lame qui a tué Paul Boucheron.

– J'ai pris la première arme qui m'est tombée sous la main.

– D'accord. Restez ici, je sors un instant, dit Julien. Amaury, vous restez dans le bureau. Bataz, hurla Julien dans le couloir en entrouvrant la porte de son bureau.

– Oui, inspecteur Mauve, dit Charles Bataz en sortant d'une légère sieste vu l'heure tardive.

– Allez voir Du Bock pour avoir des nouvelles du capitaine Dubard. Et au trot. Vous revenez me voir dans les cinq minutes qui suivent ou cela ira mal pour votre grade, Bataz. Quand on est dans la police on ne passe pas son temps à dormir dans son bureau. »

A moitié endormi, Charles Bataz sortit de son bureau en disant « Tout de suite chef ! A vos ordres chef ! » Puis il ajouta, nettement plus bas : « Ras le bol de devoir vous obéir chef ! Mais pour qui il se prend celui-là, pour mon supérieur ! »

Bataz alla trouver Du Bock pour savoir s'il avait des nouvelles d'Aurélie. Celui-ci lui annonça que les jours du capitaine Dubard n'étaient plus en danger car la morsure de Paul n'avait pu atteindre la carotide. De plus, les médecins avaient pratiqué sur elle un test du sida au cas où Boucheron fils aurait été contaminé par le sang qu'il buvait de ses victimes. Ils auraient les résultats du test dans une semaine. Pour le moment, Aurélie dormait encore sous l'effet de l'anesthésie. Sa plaie était recousue et elle devrait porter un certain temps une minerve pour l'empêcher de bouger la tête jusqu'à cicatrisation complète de sa blessure. Bataz le remercia et alla annoncer à Julien la bonne nouvelle.

Julien était soulagé de savoir qu'Aurélie allait bien et se fit alors moins agressif avec son équipe à qui il fit savoir que leur supérieure était hors de danger. Tout le monde se mit alors à se congratuler.

« Bon, ça suffit maintenant, nous avons encore une enquête à clore ! dit Mauve.

– La psy est-elle enfin arrivée ? Sans son aide, nous ne tirerons rien de Sylvie, fit-il remarquer. »

Juste au moment où il prononçait ses mot, elle débarqua dans le bureau :

« Myriem Cuvellier, se présenta-t-elle. Alors, il paraît que l'on a besoin de mes services dans le coin pour un syndrome de Renfield ? »

Julien la dévisagea avec surprise : elle était grande, blonde et mince. Tout à fait son genre.

« Parfaitement, dit Julien en l'emmenant vers la salle où se trouvait Sylvie. Nous ne pouvons pas avancer car elle est muette comme une carpe depuis que nous l'avons appréhendée. La seule chose qui l'a faite réagir, c'est l'annonce de la mort de son compagnon Paul Boucheron et depuis plus rien. Je vais vous conduire jusqu'à elle. Ne vous étonnez pas de la voir enchaînée car elle n'est pas très grande mais possède une force herculéenne et est complètement imprévisible. Surtout ne vous avisez pas de lui rendre un semblant de liberté car elle vous sauterait immédiatement dessus et pourrait vous tuer ou vous blesser grièvement. Vous allez rencontrer un sujet à très haut risque. D'ailleurs, nous sommes arrivés. En cas de danger, je me tiendrai derrière le miroir sans tain.

Maintenant, c'est à vous de jouer et faire en sorte d'établir un lien avec Sylvie. Je croise les doigts en espérant votre réussite car la parti sera rude, je le sens bien ! »

Après ce dernier conseil de Julien, Myriem entra sans hésiter dans la cellule, s'assit en face de la jeune fille, son dossier devant elle, et entama la conversation.

Madame Cuvellier était habillée d'un tailleur jupe noir strict et élégant, chaussée d'escarpins à talons hauts, moins que ceux d'Annabelle cependant. Elle portait un chemisier de soie blanc.

Elle s'assit face à Sylvie en croisant les jambes.

« Bonjour Sylvie. Alors, qu'est ce qu'il vous arrive ? demanda-t-elle d'une voix à l'accent un peu snob. »

Aussitôt, Sylvie l'agonit d'injures.

« S'il vous plait, n'aggravez pas votre cas. Tout cela ne vous mènera à rien.

— Je t'emmerde, connasse de bourgeoise !

— Vous ne voulez pas répondre à quelques-unes de mes questions ? demanda Myriem en gardant son calme.

— Va te faire foutre. Je ne répondrai pas à tes questions ni à celles d'aucun de tes connards de collègues.

— Très bien. »

Elle sortit de la salle et retrouva Julien dans le couloir.

— Je pense sincèrement qu'il faudra plusieurs années pour qu'elle prenne conscience de ses actes, de leur portée, lui dit-elle. Mais vous pouvez toujours la faire parler sur la façon de procéder. Il ne faudra juste pas s'étonner si elle décrit tout froidement. Il faudrait lui commettre un avocat d'office.

— Nous avions déclenché la procédure dès le début de la garde à vue, répondit Julien. Il lui est possible de voir son avocat, seulement il n'est pas encore arrivé. Je vais retourner l'interroger et vous allez observer derrière la vitre. Peut-être que vous verrez mieux comment la cerner… »

Julien alla s'asseoir en face de Sylvie et planta ses yeux dans ceux de cette petite bonne femme. Il ne sortit pas un mot mais la scruta, ce qui eut pour effet de la déstabiliser.

Au début, elle tenta de lui cracher au visage, de continuer son flot d'insultes peu variées, puis elle cessa et se prit au jeu de Mauve. Elle ne baisserait pas les yeux devant celui qui était en partie responsable de la mort de l'amour de sa vie. Mais ils avaient un compte à régler tous les deux car ce même amour de sa vie était également responsable de l'état d'Aurélie. Julien mit toute sa haine dans son regard afin de lui montrer qu'elle ne s'en tirerait pas comme ça.

Sylvia changea de stratégie, elle esquissa un sourire et s'adressa à l'homme qui lui faisait face : « Surveillez bien votre coéquipière, cher monsieur, car mon Paul l'a mordue… Il suffit de peu pour rejoindre notre clan ! »

Julien, surpris, avec une pointe d'appréhension dans la voix répondit :

« Que voulez-vous dire, madame ?

– Vous n'avez jamais regardé un film avec des vampires ? On y prend goût vous savez… »

Julien la regarda, se demandant si cette femme, aussi frêle et petite soit-elle, bluffait ou non. Il avait bien évidemment vu Dracula, mais c'était une pure fiction à son sens.

« Mais oui, bien sûr. Bon, trêve de plaisanteries, dites-nous juste comment vous choisissiez vos victimes dans votre registre ? Y a-t-il eu d'autres meurtres ou tentatives dont nous n'aurions pas encore eu connaissance ?

– C'est vous le flic, non ? Pas moi, je ne suis qu'une folle à faire interner, je ne suis pas responsable de mes actes, n'est-ce pas madame la psy ? dit-elle en s'adressant au miroir sans tain. »

Julien la regarda et un sourire se dessina sur ses lèvres.

« Pourquoi ce sourire idiot ? lui lança Sylvie.

– Vous avez tout faux, lui rétorqua-t-il.

– Comment cela ? cria-t-elle.

– Vous étiez normale quand vous êtes sortie de psychiatrie, vous deviez seulement prendre vos médicaments et vous présenter tous les quinze jours chez votre psy. Nous sommes bien d'accord ? lui dit-il.

– Oui et alors ?

– Alors ? Vous saviez ce que vous faisiez en arrêtant vos médicaments et vos visites. Donc, vous êtes considérée comme étant responsable de vos actes. »

Et Julien éclata de rire.

Sylvie resta bouche bée un moment, puis hurla :

« Je veux un avocat immédiatement ! Et pour votre gouverne, flic d'opérette, lui me fera interner et dira que je suis irresponsable.

– Avec le dossier que nous avons contre vous et le fait aussi que vous êtes seule pour répondre des crimes commis avec votre ami, si la peine de mort était encore pratiquée, vous auriez un ticket direct, lui asséna Julien tout en se levant. »

Et il ajouta, la main sur la poignée de la porte : « Réfléchissez bien en attendant votre avocat. Passer aux aveux permettrait au jury de mieux vous comprendre et diminuerait sûrement votre condamnation. Je reviens dans dix minutes, le temps que vous pensiez à tout ça.»

Et il sortit rejoindre la psychiatre.

« Pour qui il se prend ce flic ? Quel con ! » pensa Sylvie. « Je n'ai plus personne maintenant, je suis complètement seule ! Et aller en prison, non, je ne veux pas ! Je préfère l'internement ! Que vais-je devenir ? Que faire ? »

Julien la regardait à travers la vitre avec la psychiatre. Sylvie se balançait, assise sur sa chaise, fixant le sol, comme si la réponse à toutes ses questions y était inscrite. Elle poussa un soupir tout en relevant la tête, fixa le miroir et lança : « Je suis prête. »

Julien entra et s'assit, mit l'enregistreur en marche et posa sa première question : « A quelle époque commença votre goût pour le sang ? »

Sylvie le regarda, puis baissa les yeux et débuta son récit : « Ayant perdu mes parents très tôt, j'ai été placée dans des foyers d'accueil. Ils se valaient tous par leur manque d'affection et les taloches, mais c'était pas si terrible que ça . Mais le dernier... »

Sylvie se tut un instant tout en frissonnant.

« Que s'est-il passé au dernier ? demanda Julien.

– J'avais juste huit ans et lui, cet homme, dès le premier soir, il est venu dans ma chambre et... Il m'a violée ! Sa femme le savait, car ils ne prenaient que des filles chez eux. Quand je voulais le repousser ou que je fuguais, il me battait et m'enfermait à la cave. Et puis, il a commencé à me faire saigner et m'obliger à sucer mon sang. Au début, j'avais des nausées et puis j'y ai pris du plaisir. Je tuais des animaux pour boire leur sang encore chaud.

– Et à quel moment en êtes-vous arrivée à tuer des femmes ?

– Quand j'ai rencontré Paul... Je travaillais déjà pour l'association.

– Et c'est là que vous choisissiez vos victimes ?

– Oui, j'avais accès aux dossiers.

– Pourquoi des femmes ayant subi la même chose que vous ?

– Pas tout à fait comme moi, on ne leur avait pas appris le goût du sang ! Oui, car c'était devenu une drogue, j'en avais besoin comme un héroïnomane a besoin de sa dose.

– Avant Paul Boucheron, vous n'aviez jamais tué ? »

— Que des animaux. Ou bien je buvais mon sang en me coupant quand l'envie était trop forte.

— Et avec Paul alors ?

— Paul et moi, nous nous sommes rencontrés à un concert. Ce fut le coup de foudre et nous ne nous sommes plus quittés.

— Paul avait-il déjà tué ?

— Il est mort et je ne dirai rien à ce sujet ! s'exclama-t-elle.

— Revenons à vous. Vous avez arrêté vos médicaments sur les conseils de Paul ou par vous-même ?

— De moi-même. Je voulais partager cela avec lui et qu'il soit fière de moi. Cela nous unissait encore plus. Mais…

— Mais quoi ? demanda doucement Julien.

— Paul, lui se sentait puissant, toujours plus puissant à chaque fois et ce pouvoir qu'il avait sur les femmes était cent fois mieux qu'un orgasme sexuel ! Alors que moi, je ne ressentais pas cela. Je ne faisais qu'assouvir ma soif du fluide vital. »

Julien réfléchit un instant à ce qu'elle venait de dire.

« Aviez-vous des rapports sexuels avec Paul ? demanda-t-il alors.

— Cela ne l'intéressait pas puisqu'il avait mieux, et moi je n'en voulais pas car j'en avais trop subi. C'est pour cela aussi que j'aime… Que j'aimais Paul. Je n'ai plus rien à vous dire. Maintenant laissez-moi le pleurer. »

Julien arrêta l'enregistreur et sortit sans un bruit. Il demanda à l'agent de faction devant la porte d'attendre un peu avant de l'emmener en cellule. Il pensa que certains débutaient bien mal dans la vie dès leur naissance, mais cela n'excusait pas les meurtres.

Il libéra ensuite Myriem Cuvellier qui lui promit un rapport sur le comportement de Sylvie.

Il rejoignit Charles et Amaury dans le bureau où se trouvait Nicolas Vosges.

« Bon, dit Julien, nous allons devoir vous emmener en cellule. Demain, vous serez incarcéré. Je vous ai appelé un avocat commis d'office. Il faudra lui dire de plaider un coup de folie pour votre cas. Je pense que votre peine ne sera pas lourde à la vue des circonstances. Bonne chance, monsieur Vosges. »

Julien sortit, souffla un instant et se prit un café. Il était exténué. Près de vingt-quatre heures sans dormir. Ce n'était pas la première fois durant une enquête, mais cette fois, la pression était plus forte. Il se dit qu'il se rendrait à l'hôpital dès que le matin serait levé.

Il se dirigea alors vers son bureau et trouva Antoine Boucheron, menotté à une chaise sur laquelle il était assis. Il avait les yeux baissés, remplis de larmes.

« Monsieur Boucheron… Bon, je pense que je vais devoir vous mettre en cellule également pour complicité et non assistance à personne en danger. Vous comprenez pourquoi ?

– Evidemment… De toute façon, je m'en fiche. Etre dehors ou en prison, cela m'importe peu… J'ai tout perdu en perdant mon seul enfant, tout…

– Je comprends. Je vous laisse, quelqu'un va venir pour vous mettre en cellule. Au revoir… »

Julien sortit. Il ne savait quoi dire à cet homme. Il le comprenait. Il n'avait qu'un seul enfant et avait essayé de le protéger. Mais laisser mourir ces femmes, ça il n'aurait pas dû.

Il entra alors dans le bureau du commissaire Du Bock.

« Bonsoir patron. Je vais rentrer dormir un peu et ensuite j'irai à l'hôpital au chevet d'Aurélie à l'heure des premières visites.

– Pas de problème. J'attends votre rapport sur cette affaire d'ici la fin la semaine. Vous pouvez prendre trois jours de congés pour cela et pour prendre un peu de repos. Vous reprendrez samedi matin.

– Merci. A samedi alors. »

Julien rentra chez lui, la tête pleine. Il n'arriva pas à s'endormir malgré la fatigue qui lui pesait sur ses épaules. Il pensait trop à Aurélie…

Julien dormit en pointillé par tranches d'environ une heure interrompues par des demi-heures d'éveil en alternance. Sa nuit ne fut pas des plus reposantes. Il se sentait fébrile, nerveux, mal dans sa peau. Il se leva vers sept heures du matin, plus courbaturé que lorsqu'il s'était couché. Il avait trop pensé à Aurélie pendant cette nuit et les horreurs découvertes pendant cette enquête l'empêchaient de dormir.

Il fit réchauffer un reste de café, prit une douche, s'habilla et partit à pied pour l'hôpital, histoire de se changer les idées.

En y arrivant, il s'aperçut qu'il avait oublié son téléphone portable chez lui.

« Ce n'est pas bien grave, se dit-il, je suis en congés et il ne va rien se passer d'extraordinaire. Je serai plus tranquille pour discuter avec Aurélie et prendre de ses nouvelles. »

Ce n'était pas encore l'heure des visites aux malades. Il présenta alors son badge à l'infirmière au bureau d'accueil en disant :

« Bonjour mademoiselle, j'aurais besoin de voir mademoiselle Dubard.

– Ce n'est pas encore l'heure des visites, inspecteur.

– Certes, mais pour les besoins d'une enquête, il n'y a pas d'heure mademoiselle.

– D'accord. Chambre D469, bâtiment D, quatrième étage, sixième couloir à droite, monsieur, lui fut-il répondu d'un ton assez sec. »

Julien se dirigea vers les ascenseurs et, une fois arrivé au quatrième étage, n'eut pas trop de difficultés à trouver la chambre d'Aurélie.

Celle-ci était pâle dans son petit lit avec des perfusions et des appareils de contrôle un peu partout autour d'elle.

« Bonjour mon bébé. Comment tu vas ? lui dit doucement Julien.

– Julien. C'est toi, mon amour ? demanda Aurélie dans un souffle. »

Elle portait une minerve rigide avec un gros pansement sur la gorge.

« Oui ma chérie. Tu vas bien ? Les médecins sont sympas ?

– Oui, ça va. »

Aurélie venait à peine de finir de parler qu'un médecin entra.

« Bonjour monsieur. Je suis le docteur Meilleur, en charge de mademoiselle Dubard. Elle est très fatiguée et vous devriez écourter votre visite, s'il vous plait.

– Bonjour docteur. Je suis le lieutenant Julien Mauve. Je travaille avec le capitaine Dubard sur une enquête difficile dont elle a été victime récemment. En plus, mademoiselle Dubard et moi-même vivons ensemble. Vous comprendrez donc l'intérêt particulier que je lui porte.

– Je comprends inspecteur. Puis-je vous entretenir en particulier ?

– Bien sûr docteur. J'allais aussi vous le demander, dit Julien en le suivant hors de la chambre.

– Vous êtes sur quel genre d'enquête, inspecteur ?

– Une série de meurtres par des malades du syndrome de Renfield au dernier stade. C'est pas joli joli.

– Je vois.

– Dites moi docteur, est-ce normal que toutes les victimes que nous ayons eues soient du même groupe sanguin? Et qu'elles aient peu ou prou le même passé ?

– Pour le groupe sanguin, je dirais que c'est normal dans la mesure où vos meurtriers cherchent d'abord le goût d'un groupe sanguin qui est le leur. C'est au stade ultime qu'ils se moquent du groupe sanguin de la victime pour assouvir leur soif de sang, et ce parfois plusieurs fois par jour.

– Et pour leur passé ?

– Ca je ne peux pas vous répondre, inspecteur.

– Comment se déclare le syndrome de Renfield ? On peut l'attraper suite à ce genre de blessure ?

– Je ne pense pas. Par contre, elle peut attraper d'autres saletés. Le SIDA par exemple. Nous avons fait un test lors de son arrivée à l'hôpital. Nous aurons les résultats dimanche.

– Vous comptez garder Aurélie en observation combien de temps ?

– Environ deux semaines, inspecteur. Ce genre de blessures est susceptible de complications. Mais si son état s'améliore rapidement, elle pourra sortir avant.

– D'accord docteur. Bonne journée à vous.

– Bonne journée inspecteur. »

Julien rentra dans la chambre d'Aurélie et lui expliqua qu'il était en congés jusqu'au samedi et qu'il essaierait de passer la voir pendant cette période.

« Remets-toi bien mon amour.

– Ne t'en fais pas mon chéri. »

Ils s'embrassèrent et Julien sortit de l'hôpital.

Cinq heures du matin, le mois suivant.

Aurélie sortit de la salle de bain, le visage blanc et l'air mal en point. On voyait encore nettement sa cicatrice sur son cou, mais elle ne lui faisait plus mal, contrairement au début de sa convalescence.

L'affaire avait été bouclée, le rapport rédigé en détails par Julien.

Sylvie Martin avait été incarcérée, son procès aurait lieu dans plusieurs mois seulement.

Antoine Boucheron était également incarcéré. Il avait déjà été jugé, malgré que Sylvie non. Il n'avait pris que du sursis, mais il ne pouvait désormais plus travailler en tant qu'expert, ni même en tant que psychologue de cabinet.

Quant à Nicolas Vosges, il avait également été déjà jugé et relaxé, son geste ayant été compris comme un coup de folie, un moment de perte de conscience, surtout à la vue de qu'avait fait sa victime, Paul Boucheron. Les résultats ADN et des empreintes dentaires n'avaient plus laissé de doute quant à la culpabilité de ce dernier dans les trois meurtres d'Emilie, Elisa et Cécile.

Le test du SIDA d'Aurélie s'était révélé négatif. Par contre, un autre test avait été positif…

« Viens t'allonger ma chérie, lui dit Julien.

– Je n'en peux plus de ces nausées. Et je me dis que ce ne sont que les premiers mois… Pertes de connaissance, nausées et j'en passe… Si j'avais su… dit-elle en faisant mine de regretter. »

Elle regarda Julien dans les yeux, lui sourit et l'embrassa.

Soudain, le téléphone de Julien se mit à sonner.

« Mauve, j'écoute. Où ça ? J'arrive tout de suite ! »

Il raccrocha, regarda Aurélie l'air coupable de la laisser là. Elle lui fit signe de s'en aller en disant : « Profites de ces quelques mois sans moi, après les ordres pleuvront… »

Ils s'embrassèrent et Julien partit.